古典文學研究輯刊

四 編

曾永義 主編

第22冊

李漁及其戲劇理論

張百蓉 著

國家圖書館出版品預行編目資料

李漁及其戲劇理論／張百蓉 著 — 初版 — 台北縣永和市：花
木蘭文化出版社，2012〔民 101〕

序 2+ 目 4+164 面；19×26 公分

（古典文學研究輯刊　四編：第 22 冊）

ISBN：978-986-254-771-7（精裝）

1.（清）李漁 2. 戲曲理論 3. 劇評

820.8　　　　　　　　　　　　　　　　101001746

ISBN-978-986-254-771-7

9 789862 547717

古典文學研究輯刊
四　編　第二二冊　　　　　　　ISBN：978-986-254-771-7

李漁及其戲劇理論

作　　　者	張百蓉	
主　　編	曾永義	
總 編 輯	杜潔祥	
出　　版	花木蘭文化出版社	
發 行 所	花木蘭文化出版社	
發 行 人	高小娟	
聯 絡 地 址	新北市永和區中正路五九五號七樓	
	電話：02-2923-1455 ／傳真：02-2923-1452	
網　　址	http://www.huamulan.tw 信箱 sut81518@ms59.hinet.net	
印　　刷	普羅文化出版廣告事業	
初　　版	2012 年 3 月	
定　　價	四編 32 冊（精裝）新台幣 52,000 元	版權所有·請勿翻印

李漁及其戲劇理論

張百蓉　著

作者簡介

張百蓉，出生於中華民國高雄市。中國文化大學中國文學系學士，中國文學研究所碩士、博士。曾任道明中學專任國文教師、國立高雄應用科技大學兼任講師，現為輔英科技大學語言教育中心中文組專任副教授。碩士論文《李漁及其戲劇理論》寫於 1980 年，博士論文《高雄都會區台灣原住民口傳故事研究》在 2002 年完成。研究範圍有：戲劇理論、民間文學以及中文閱讀與寫作教學的相關議題。教授的課程則有：國文、中國語文能力、文學與人生、民間文學之採錄與整理。

提　　要

　　笠翁係清初戲劇大家，其劇本以詼諧俚俗見長當日，時人有以之與李卓吾、陳仲醇鼎立而三者。又有戲劇理論，以條列井然，系統完備，為今人所稱道，卻不流行於當世。本文為知人論事，遂以其人並其世為根本，試探其戲劇理論之所由，並窺探中國傳統戲劇理論之面貌。全文計分五章：

　　第一章　李漁其人其作品——分以鄉里、生卒年歲、家庭、交遊、營生之道。歷敘笠翁其人一生，以見其際遇、行止、性情，並列一簡譜，條其梗概。作品之介紹，以收量、種類繁複，依創作、編選、評閱三者，分述其刊印流行及內容大要。

　　第二章　李漁戲劇理論與傳統戲劇理論——略述中國傳統戲劇理論，及李漁劇論與中國傳統戲劇理論之關係，以見笠翁劇論之特出。

　　第三章　李漁戲劇理論產生之背景——依政治、社會、文風、當日戲劇之發展及笠翁個人之才性，探討笠翁劇論之由米。

　　第四章　李漁之戲劇理論——以閒情偶寄詞曲部、演習部為主，輔以笠翁之劇作、小說及其他有關言論，分析條列笠翁之戲劇理論。

　　第五章　結論——綜合前列各項，笠翁生平、劇論承傳、笠翁劇論之背景，評述笠翁劇論之特色、地位及不流行於於當世之緣由。

目

次

序

　　近世學者，每涉劇論，輒引泰西，竊思吾國亦自有戲；今西法中用，固覺枘鑿，且彼劇既有法，而吾戲未必無則，蓋昔人視同小道，爲免於「泥」，遂隱而不彰也。

　　然，戲劇之道，出乎天然，本乎人情，其關風教之化、性情之咏，豈止可觀而已矣。直是文化之表徵，民風之顯露。正視傳統戲劇，誰曰不宜？而探索由來劇論，辨其所涵精義，允稱當務。而清初大家李漁之劇論，乃傳統劇論之最具系統者，堪稱完備之作，因取而研討，冀緣此以明古典劇論之全貌。

　　劇論依戲劇而生，戲劇應世風而變；戲劇之衍，世風之變，乃爲劇論發生之外在因素。而理論家之個性、交遊及修養，係劇論發生之內在因素。於是，研究李漁之劇論，乃先知其人及其背景交遊，則議論之所從來，循之有軌矣。

　　再者劇論承傳、發展，乃各劇論脈絡之所繫，略之，難得其全豹，離之，恐昧其眞。前此論述笠翁劇論者，頗見其人，比之於西人亞里斯多德（Aristotle）《詩學》（On Poetics）之說者有之，羅列笠翁條例者有之，要皆一家之說。惟未及其承傳，與夫李氏劇論之特色，因概述劇論之原，以彰顯其隱，賦其地位。余撰斯文，循此徑爾。

　　戲劇之學，近世漸興，可探之境既廣，未闢之蕪尤眾歟。以學殖荒疏，閱年淺涉，遑窺堂奧，倘有一二可取，皆李師任之指導之功，謹此致謝。至於參考之德文資料，蒙高明道同學譯述，亦于此特申謝意。疏漏之處，容待來日，當世大雅孔多，必幸見雅正。

中華民國六十九年六月　張百蓉謹序於華岡

書影　李笠翁遺像

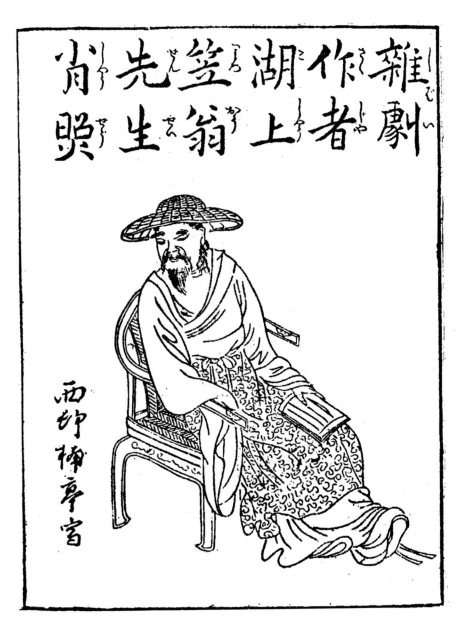

李笠翁之日本畫像——摘自銅脈先生〈唐土奇緣〉(《圖書館學季刊》九卷三、四期)

第一章　李漁其人及其作品

第一節　李漁之生平

一、鄉　里

　　李漁，字笠翁。笠鴻〔註1〕、謫凡〔註2〕並其字也。名「笠翁」者，寓意於：「魚我所欲也，因自名『笠翁』，以其才薄劣，于世無所庸，人地務相宜，所以泯其踪」。〔註3〕後世多以「笠翁」稱之，而遑及其他。常自號「湖上笠翁」，〔註4〕至撰小說則自署「覺世稗官」〔註5〕、「笠道人」；〔註6〕人或呼為「覺道人」。〔註7〕以精譜曲，譽為「李十郎」，〔註8〕又嘗署為「隨菴主人」、〔註9〕「新亭客樵」。〔註10〕

　　笠翁原籍浙江，乃浙江金華府蘭谿縣下李村人氏，〔註11〕出生地則係雉

〔註1〕見〈風箏誤〉虞鏤序文。
〔註2〕見《光緒蘭谿縣志》卷五文學門葉四十一。
〔註3〕見《李漁全集》《一家言》卷二　張敬止網魚圖譜。
〔註4〕見李漁〈一家言釋義〉。《一家言》卷八風入松第二體自題湖上新居寄四方同調六首之一：「從前虛負自題名，湖上笠翁稱，笠翁今果來湖上，綸竿具。足慰生平。……」
〔註5〕《十二樓》、《無聲戲》均用此名。
〔註6〕《十二樓》之〈聞過樓〉中引及。
〔註7〕見《十二樓》鍾離睿水序。
〔註8〕見李桓《國朝耆獻類徵》，卷四二六王廷詔之〈李漁傳〉。
〔註9〕見〈玉搔頭〉黃鶴山農序文。
〔註10〕見《芥子園畫傳初集》卷一跋。
〔註11〕同注2。卷三〈上都門故人述舊狀書〉：「僕本浙人，雖家于金陵，非土著也。」

皋（江蘇如皋），〔註12〕其長兄之旅櫬猶寄雉皋。〔註13〕笠翁何時遷回原籍，今不可考。其早年所購伊山別業，處蘭谿瀫水之畔，〔註14〕是順治五年戊子（西元1648年）移家杭州之前，笠翁係居於浙江蘭谿。

笠翁一生遊踪四布，不惟行處無定，其家亦屢有遷徙。約於順治五年戊子（西元1648年）以前，笠翁在蘭谿有伊山別業，而婺城中猶有居處。以流寇四起，申酉之變，居勢動盪，笠翁遂摒俗事，避亂鄉間山中，徜徉自得。〔註15〕兵燹之後，凶災迭至，因出售別業，乃移家杭州，居西子湖濱達十年。〔註16〕順治十四年丁酉（西元1657年），翁自云，爲解決書賈翻板之事；〔註17〕或如其友丁澎所云，不得志而去。〔註18〕復又遷居金陵，歷二十年。建芥子園於金陵府東南。並以芥子園名號刻書，著名之《芥子園畫傳》即屬其一，而「芥子園」之名，傳於書畫藝壇，至今不墜。逮康熙十四年乙卯（西元1675年），以送兒返浙入泮，遂萌首丘之念。〔註19〕得浙中當道之助，買山杭州，於十六年丁巳（西元1677年）遷返杭州，〔註20〕其居所乃雲居山東麓之「層園」。笠翁遂終老於斯矣。墓在諸家峪九曜山之陽。及嘉慶十二年，有仁和趙坦命守冢人沈得昭爲修築，復樹故碣。〔註21〕

二、生卒年歲

笠翁生年，或云明神宗萬曆三十九年辛亥（西元1611年），或云萬曆三十八年庚戌（西元1610年）。蓋笠翁一家言卷六有言：「庚子舉第一男，時予五十初度。」笠翁處明末清初，此庚子當清順治十七年（西元1660年）；據此上溯，則生於明萬曆三十九年（西元1611年），或三十八（西元1610年）。

自此以下，凡引見《一家言》者，僅注明卷數、篇名，一如本注之例。
〔註12〕見卷三李漁〈與李雨商荊州太守〉書：「漁雖浙籍，生于雉皋。」
〔註13〕見卷六：〈過雉皋憶先大兄詩序〉。
〔註14〕卷七〈伊園雜咏自序〉：「予初時別業也。」卷六擬構伊山別業未遂。〈伊山別業成寄同社〉五首。卷二〈賣山券〉：「伊山……不過以在吾族即離之間，遂買而家焉。」
〔註15〕見〈聞過樓〉，《閑情偶寄》卷十五。
〔註16〕見卷二〈沈亮臣像贊〉。
〔註17〕見卷三〈與趙聲伯文學書〉。
〔註18〕見丁藥園〈李笠翁詩集序〉。
〔註19〕見卷一〈歸故鄉賦〉。卷三〈上都門故人述舊狀書〉。
〔註20〕見卷一〈今又園詩集序〉。
〔註21〕見趙坦《保覽齋文錄》卷三〈書李笠翁墓券後〉。

今據算內法，訂萬曆三十九（西元 1611 年）爲其生年。至其生日，包璿《李先生一家言全集》敘文題記載：

> 「康熙九年仲秋初吉，山陰同學包璿題，時適屆笠翁覽揆之辰，遂以爲壽。」

則八月初一爲笠翁生辰。

至於笠翁卒年，人多定爲康熙十八年己未（西元 1679 年）殘冬，或康熙十九年庚申（西元 1680 年）。享年六十九或七十。孫楷第首主此說。其〈李笠翁與十二樓〉一文考訂；以仁和趙坦（寬夫）《保甓齋文錄》卷三之〈書李笠翁墓券後〉中有：「笠翁名漁……卒，葬方家峪九曜山之陽。錢塘令梁允植題其碣曰：『湖上笠翁之墓』。今墓就圮矣。」而《康熙杭州府志》二十一〈守令門〉載：錢塘知縣梁允植，十一年任，眞定人。次遲炊，十九年任。故允植卸任，非康熙十八年即康熙十九年。寬夫有「錢塘令梁允植題碣」之言，必據墓碣官銜，則墓碣當爲卸任之前所書。又笠翁序〈千古奇聞〉，署：「康熙己未仲冬朔」，是康熙十八年仲冬，笠翁猶健在。故其卒年在十八年殘冬或十九年。鄧綏寧先生則以爲趙坦文中，並未明言碣上題有「錢塘縣令梁允植」字樣，只云「湖上笠翁之墓」六字爲梁允植所題，趙之行文冠以錢塘縣令，當因梁曾令錢塘縣。蓋一家言卷一有〈制師尙書李鄰園先生靖逆凱歌序〉云：

> 則鄰園先生之忠而且毅，諒亦史筆之所樂書，而天下口碑之所不能泯滅者也。杭城父老子弟聞八閩底定，謂先生指日班師。凱歌雖奏於軍中，而原其所自，則出黔黎謳頌之口。以予操觚一生，稍嫻聲律，而今且老矣。黃童騎竹，白叟編蒲，俟節旄旋省之日，萬口同聲而唱于道路之間，亦燕賀昇平之樂事也。

李鄰園名之芳，康熙十三年三月二十九日耿精忠反，之芳總督浙江軍務，所戰皆捷，長驅入閩。其奉詔班師乃康熙二十一年事。此文當爲笠翁寫於二十一年，則已七十有二齡。是笠翁卒年雖不可斷，但不致早於康熙二十一年。

今考〈制師尙書李鄰園先生靖逆凱歌序〉一文，有云：「八閩底定，謂先生指日班師」，未言親見鄰園先生班師。再者，卷一〈祭福建靖難巡海道陳大來先生文〉稱：「丙辰冬，八閩大定。」康熙間程光珆所編《李文襄公（之芳）年譜》，於康熙十五年（丙辰）條下云：

> 是年大將軍和碩康親王大兵進福建，耿精忠降。……耿逆在丙辰年底定。

是時人所云「八閩底定」，可能習指康熙十五年（丙辰）之事。且《李文襄公（之芳）年譜》康熙十八年己未條下云：

正月二十六日請撤援閩官兵回浙

則「謂先生指日班師」，亦或者爲此事之傳聞。故〈制師尚書李鄷園先生靖逆凱歌序〉，不必定爲康熙二十一年作品。笠翁最後之作，可確定者，仍不出康熙十八年己未仲冬。故其卒年當以孫說較妥。

三、家　庭

笠翁十九齡失怙，年屆而立之時丁母憂，有大兄早亡。早歲家境優沃，中道衰落。〔註22〕

娶妻徐氏，姬妾甚夥，妾之地位高於姬。〔註23〕其妾可考者，止順治二年乙酉（西元 1645 年）投身金華同知署中時，許檄彩所贈曹氏女。〔註24〕據其後斷腸詩之六序中所云：「諸妾」，當不只一二耳。至若家姬，授以歌技，絲竹，能登場；既有生旦，復有他色，〔註25〕成員不可少，是家姬人數亦不在少數。今知名者，有康熙五年丙午（西元 1666 年），平陽太守程先達（質夫）所贈喬氏姬；次年，蘭州地主贈小姬數人，王氏姬則其一也；又方其二度入都時，懷孕江上，產子舟中之黃姬。喬氏天資聰穎，聆曲不忘，教之二三回，即可自唱，習之數旬，其歌可令食肉忘味，〔註26〕笠翁奇賞之，目爲「予之雪兒」；〔註27〕王氏善於男裝，藝與喬氏相伯仲，尚能麈尾清談，笠翁視如「韻友」。〔註28〕喬王二氏，分扮生旦，笠翁改寫劇本若〈明珠記煎

〔註22〕見黃鶴山農〈玉搔頭〉序文。
〔註23〕見卷六〈後斷腸詩序〉中，姬稱妾主母。
〔註24〕見卷七〈納妾三首序〉。
〔註25〕見卷一〈喬復生王再來二姬合傳〉。
〔註26〕見卷一〈喬復生王再來二姬合傳〉。
〔註27〕見卷二〈夢飲黃鶴樓記〉：「喬即子之雪兒，能歌善病。」按：卷一〈喬復生王再來二姬合傳〉：「而此二姬者，則去文君、樊素、朝雲、綠珠、雪兒、關盼盼不遠」，卷六弔喬氏之〈斷腸詩二十首〉之八：「我慣填詞爾慣歌，奏來無樂不雲和，雪兒只可司喉舌，蘇蕙徒能擲錦梭；耐聽耐觀惟爾獨，不觴不詠奈伊何；從今豈逐無新譜，唱出周郎顧者多。」可見，笠翁前後用「雪兒」之詞，乃引唐李密愛姬，雪兒善歌之典，非如黃麗貞先生所稱喬氏之小名。且喬氏、王氏生前呼晉姊、蘭姊，亦可見「喬復生王再來二姬合傳」所敍，「雪兒」一詞，但以典故視之可也。
〔註28〕見卷六〈後斷腸詩十首之二序〉。卷二〈喬復生王再來二姬合傳〉。

茶折〉、〈琵琶記剪髮折〉，或新撰之本如《凰求鳳》，輒付其搬演。時熟諳宮商、彈心詞學，堪稱當代周郎之金陵方邵村侍御、何省齋太史、周櫟園憲副、武林之顧且菴直指、沈喬瞻文學，皆贊賞之，喻爲小蠻樊素。〔註29〕周櫟園尤稱奇曰：

> 喬王二姬眞尤物也，舞態歌容當世鮮二，此予擊節賞心，詎李郎貧
> 士，何以致此異人者也。〔註30〕

其登場，但微授以意，不數言輒了。一新場上規模，使昔日神情活現氍毹之上。如是，彼慣塡詞此慣歌，兼之耐聽耐觀，聰慧無雙，以詞中老奴自居之笠翁，實得天獨厚矣。無怪喬王先後折於二九之齡，翁深深痛惋，謂：

> 自喬王二姬先後化爲異物，顧影淒涼，老淚盈把，生趣日削一日。
> 〔註31〕

又有《斷腸詩》二十首，〔註32〕〈踏莎行〉「楚歸江上悼亡姬」，〈河滿子〉「感舊四時詞憶喬姬在日」，自喬姬亡後不忍聽歌者半載、舟中無事，侍兒請理舊曲、頗有肖其聲者，撫今追昔不覺泫然，遂成四首，後斷腸詩十首，傷心處二闋「悼喬王二姬于婺城舊寓」，〈喬復生王再來二姬合傳〉，〈夢飲黃鶴樓〉諸作，誌其悼念，並追名「喬復生」、「王再來」，冀其重生再聚也。蓋二姬之穎於詞曲，不惟投其所好，固啓其具體劇論之功臣爾。

　　姬妾之外，漁又常置婢，〔註33〕其數不可詳。

　　笠翁得子甚晚，據其自云，娶妾之意，即起於「少不宜男」。〔註34〕年五十初獲麟兒，其後，年有繼出，計有七子三女。反以添丁爲苦，賦詩曰：

> 一璋繞弄一璋萌，知到何年始能生，自苦累中難著累，那堪丁後復
> 添丁〔註35〕

〔註29〕同註26。

〔註30〕見卷八〈賀新郎〉「納喬王二姬諸友所寄花燭詞」後附周櫟園評語。

〔註31〕見卷三〈與余澹心〉。按：全集中原作：「老漢盈把」，今據其語意改作「老淚盈把」。

〔註32〕〈斷腸詩〉二十首、〈後斷腸詩〉十首、〈自喬姬亡後……遂成四首〉俱見卷六，〈喬復生王再來二姬合傳〉、〈夢飲黃鶴樓〉俱見卷二，〈踏莎行〉「楚歸江上悼亡姬」、〈河滿子〉「感舊四時詞憶喬姬在日」、〈傷心處〉二闋「悼喬王二姬于婺城舊寓」俱見卷八。

〔註33〕見卷三〈粵游家報之四〉：「客中買婢是吾之常，汝等慮我岑寂，業已囑之于初，必不嗔之于後。」

〔註34〕見卷三〈與龔芝麓大宗伯〉：「向因少不宜男，致使齊人有妾，孰意老偏多嗣。」

〔註35〕見卷六〈壬寅舉第三子復舉第四子〉。

七子分別爲：長曰將舒，次曰將開，三曰將榮，四曰將華，五曰將芬，六曰將芳，七曰將蟠，將榮、將芬早夭。〔註36〕三女爲：長女淑昭，次女淑慧，三女不得其名，當爲喬氏所出者。〔註37〕二女較長，頗肖其父，好爲詞翰，巧於創思，女紅、釵環多有新製，不依籬藩。〔註38〕諸子年幼，笠翁又常遊在外，家政及著書板刻之事，遂託其壻沈因伯（心友）及長女淑昭代理。〔註39〕

笠翁爲文，常稱數十口或四十口之家，計上所列，加以僕役之數，當爲不虛。以「啼饑之口半百，仰屋之嗟一人」，〔註40〕毋怪乎笠翁時以家累爲歎，究其原因，直如自敘云：

> 硯田食力倍常民，何事終朝只患貧；舉世皆窮非獨我，一生多累是
> 添人。〔註41〕

所添之人，則子女、姬妾兼之矣。

四、交　遊

笠翁交遊甚廣，顧敦鍒氏據其詩文所及與作品之評介者，鈎稽得之四百餘人。其中以仕宦最眾，當係一生游幕之故；次則各有專擅之名士文人，所遊仕宦，則遍及殿閣公卿、封疆大員，若丁泰岩、王湯谷、王涓來、李湘北、李鄴園、李坦園、徐健庵、徐立齋、陳司貞、馮易齋、張飛熊、董默庵、賈膠侯、劉耀薇、慕鶴鳴、蔡仁庵、魏貞庵、嚴灝亭、嚴存庵、嚴方貽、龔芝麓、屠粹中、程端伯、索思庵，而翰苑諫署，司道鎮丞，更難以指數。審其人也，或能詩擅文，允有盛名；或好禮名士，性頗放達；或預於修史；或長於書畫；而政聲裴然，斷獄明決者，亦頗有所見。尤堪玩味者，所交仕宦雖爲事清之貳臣，亦幾盡詩文兼長，好附風雅之輩。至若名士文人，又不乏晚明之孑遺，夫志山林者。是笠翁之所交遊，驅飢之餘，用窺其性之所趨，可得大概矣。

今將其交游羅列於后，見其梗略。

〔註36〕見卷三〈名諸子說〉。
〔註37〕見卷六〈初度日和長女淑昭稱觴韻〉、〈和次女淑慧稱觴韻〉，卷二〈喬復生王再來二姬合傳〉。
〔註38〕見卷五〈懷阿倩沈因伯暨吾女淑昭其二〉。
〔註39〕見卷五〈懷阿倩沈因伯暨吾女淑昭其一〉及序。
〔註40〕見卷三〈與余澹心〉。
〔註41〕見卷六〈家累〉。

清宦之屬

丁藥園澎

〔專擅〕詩、詞

〔備註〕西冷十子之一〔註42〕、燕臺七子之一〔註43〕

見卷三，〈與丁飛濤儀部〉。卷六，〈贈丁藥園儀部〉。叙云：「藥園歸至謫所，已經數年，予浪游四方，苦不相值。甲寅之秋，始得快聚于武林。讀其出塞入塞諸詩詞，天懷如舊，絕無悲楚之音，是才人達士，克兼之矣。喜而有作，即以寄之。」卷八，滿江紅，讀丁藥園扶荔詞，喜而寄此，勉以作劇。

曹顧庵爾堪

〔專擅〕銘記詞賦動盈卷帙

〔備註〕海內八大家之一〔註44〕

見卷三，〈復曹顧庵太史〉。

王阮亭士禎漁洋山人

〔專擅〕詩、詩論

見卷三，〈復王阮亭李〉。卷八，〈壽王阮亭使君〉。

嚴灝亭沈

〔專擅〕詩

〔備註〕燕臺七子之一。

見卷四，〈贈嚴灝亭都憲二聯〉。

宋荔裳琬

〔專擅〕詩

〔備註〕燕臺七子之一。

見卷八，〈卜箅子〉，〈榆莢錢四首和宋荔裳大參〉。

施愚山閏章

〔專擅〕詩

〔備註〕王士禎以之比宋荔裳，目爲南施北宋。

〔註42〕西冷十子乃指：丁澎、陸圻、柴紹炳、毛先舒、孫治、張綱孫、吳百朋、沈謙、虞黃昊、陳廷會。

〔註43〕燕臺七子計有：丁澎、宋荔裳、施愚山、張譙明、周釜山、嚴灝亭、趙錦帆。

〔註44〕海內八大家指：宋琬、施閏章、王士祿、王仕禎、任琬、程可則、沈荃、曹顧庵。

見卷五，〈賣船行和施愚山憲使〉。

葉修卜

〔專擅〕詩

〔備註〕有《今又園詩集》

見卷一，〈今又園詩集序〉。卷六，〈贈葉修卜使君〉。叙云：「以郴州刺史予告養親。歸里未幾，即有三楚失事之變。」

顧梁汾貞觀

〔專擅〕詞、詩

〔備註〕〈金縷曲〉二詞尤炙〔註45〕

見卷三，〈與顧梁汾典籍〉。卷五，〈丁巳小春，偕顧梁汾典籍，吳雲文文學，集吳念庵齋頭，啖蟹甚暢，即席同賦，韻限蟹頭魚尾。〉卷六，〈贈顧梁汾典籍〉。又，〈顧梁汾典籍以人贈蔬菓見貽代柬賦謝〉。又，〈秋日同于勝斯郡司馬，顧梁汾典籍，高鳳翥邑侯，集何紫雯使君署中，聽新到梨園度曲〉。

方邵村亨咸

〔專擅〕詩、文、書、畫

〔備註〕與程青溪、顧見山鼎足

見卷二，〈喬王二姬合傳〉云：「賓之嘉者，友之韻者，親戚鄉鄰之不甚迂者，亦未嘗秘不使觀。如金陵之方邵村侍御，何省齋太史，周櫟園憲副，武林之顧且庵直指，沈喬瞻文學，皆熟諳宮商，殫心詞學，所稱當代周郎也。莫不以小蠻樊素目之，他可知己。」卷三，〈與方紹村侍御〉。卷六，〈吳冠五後斷腸詩十首〉評云：「憶壬子春，偕周櫟園憲副，方樓岡學士，方邵村侍御，何省齋太史，集芥子園觀劇。共羨李郎貧士，何以得此異人？今讀是詩，不

〔註45〕金縷曲寄吳漢槎寧古塔以詞代書丙辰冬寓京師千佛寺冰雪中作

季子平安否，便歸來，平生萬事那堪回首，行路悠悠，誰慰藉，母老家貧子幼，記不起從前杯酒，魑魅擇人應見慣，總輸他覆雨翻雲手，冰與雪，周旋久。　淚痕莫滴牛衣透，數天涯，依然骨肉，幾家能彀。比似紅顏多命薄，更不如今還有，只絕塞苦寒難受，廿載包胥承一諾，盼烏頭馬角終相救，置此札，兄懷袖。又，

我亦飄零久，十年來，深恩負盡死生師友，宿昔齊名非忝竊，只看杜陵窮瘦，曾不減夜郎僝僽，薄命長辭知己別，問人生到此淒涼否，千萬恨，爲兄剖。

兄生辛未吾丁丑，共些時，冰霜摧折，早衰蒲柳，詞賦從今須少作，留取心魂相守，但願得河清人壽，歸日急繙行戍藁，把空名料理傳身後，言不盡，觀頓首。（〈彈指詞〉　顧貞觀）

禁彩雲易散之感」卷八，〈好春光叙〉云：「春色以下，和方邵村侍御春詞十二闋」

何省齋采

〔專擅〕詞、書

見卷二，〈喬王二姬合傳〉。卷三，〈與何省齋太史〉。卷六，〈吳冠五後斷腸詩十首〉評云：「憶壬子春，偕周櫟園憲副，方樓岡學士，方邵村侍御，何省齋太史，集芥子園觀劇。共羨李郎貧士，何以得此異人？今讀是書，不禁彩雲易散之感。」卷八，〈燈市詞和何省齋太史〉。卷四，〈冊頁匾〉。

嚴存庵我斯

〔專擅〕詩

〔備注〕以詩刻貽笠翁

見卷六，〈嚴存庵太史以詩刻見貽賦贈〉。

徐方虎倬

〔專擅〕詩

見卷六，〈病起補和徐方虎太史婺城喜遇作〉。

王茂衍孫蔚

〔專擅〕詩

見卷二，〈夢飲黃鶴樓記〉云：「予客武昌一載，多賢主人，如蔡，董大中丞仁菴，董大中丞會徵，張方伯九如，高臬憲欽如，王副憲鳴石，王少參茂衍，婁觀寮君蕃，紀太守子湘，李太守雨商，張司馬秀升，唐邑侯松交，伯禎諸公，皆一代賢豪，三楚名宦。」卷五，〈讀王茂衍少參輯香詩刻〉。卷七，〈壬子夏日，陪董大中丞會徵，李大將運籌，劉方伯元輔，張方伯九如，高臬憲欽如，王副憲鳴石，王少參茂衍，婁觀察君蕃，李參戎君瑞，隔水較射。射畢暢飲，大中丞命作五言十首，即席成之〉。又，〈次韵和王茂衍少參過呂仙祠四首〉。又，〈次韵和王茂衍少參新柳二絕〉。

李湘北天馥

〔專擅〕詩

見卷五，〈金臺高會詩作公讌體李湘北太史席上作〉。

許竹隱虬

〔專擅〕文

〔備注〕弱冠好讀書，即交當世名士，著述見稱文苑。

見卷八，〈憶秦娥〉，〈雜家第一夜〉評。又，〈玉樓春〉，〈春眠評〉等。

方樓岡 孝標

〔專擅〕詞

〔備注〕曾至芥子園觀劇。

見卷六，〈吳冠五後斷腸詩十首〉評云：「憶壬子春，偕周櫟園憲副，方樓岡學士，方邵村侍御，何省齋太史，集芥子園觀劇。共羨李郎貧士，何以得此異人？今讀是詩，不禁彩雲易散之感。」

范正 印心

〔專擅〕書、詩、詞

見卷二，〈喬王二姬合傳〉云：「道經平陽，爲觀察范公字正者，少留以舒喘息。」卷六，辛亥舉第二男，誕生之際，適范正盧遠心二觀察過訪親試啼聲，而去，因以雙星命名，志佳兆也。

嚴方貽

〔專擅〕書

見卷四，贈嚴灝亭都憲二聯。序云：「公爲給諫時，長公方貽任臺中，同居言路者十餘載。」

顏修來 光敏

〔專擅〕詞賦

見卷四，〈贈顏瀿園太史修來儀部二昆仲〉。

李石菴 瑛黃

〔專擅〕詩、文

〔備注〕笠翁爲其《覆瓿集》作序。

見卷一，〈覆瓿草序〉。卷二，〈家石菴棠棣芝蘭並茂圖贊〉。卷四，〈李石菴參單二聯〉。敘云：「由縣左遷。」卷六，〈寄懷石菴家孟暨毛子穉黃〉。

王北山 日高

〔專擅〕詩、文

〔備注〕與王世禎兄弟相和。

見卷四，〈贈王北山掌科二聯〉。又，〈懷王北山給諫〉。又，〈天仙子〉，〈賀王北山掌科納姬廣陵〉。

王西樵士祿

〔專擅〕詩、文

〔備注〕王士禎之兄。

見卷八，〈花心動〉、〈心硬評〉。卷九，〈論劉備取劉璋得失評〉、〈資治新書序〉。

梁承篤允植

〔備注〕風流儒雅，樂錢塘山水之勝。漁稱為昔年好友。

見卷二，〈梁夫人壽冊引〉。又，〈西湖盜魚人自塞盜源紀略〉。卷三，〈與梁冶湄明府〉。卷四，〈贈錢塘父母梁承篤〉。敍云：「係余昔年好友。」又，〈賀梁冶湄父母〉。卷六，〈贈梁冶湄明府〉。

王巢雲垓

〔備注〕典試浙江，矢公衡校，所得多名士，曾出使琉球。

見卷六，〈送王巢雲掌科典試還〉。

程質夫先達

〔備注〕為笠翁致喬姬，致仕後，益務讀書。

見卷二，〈喬王二姬合傳〉。

魏貞庵裔介

〔專擅〕有志先儒體用之學

〔備注〕晚年乞歸，閒課農桑，循行阡陌，人不知為舊相國也。

見卷三，〈與魏貞庵相國〉。

胡子懷瑾

見卷二，〈兩宴吳興郡齋記〉。卷四，〈吳興太守胡子懷公祖二聯〉。敍云：「尊公係浙江都統」。卷六，〈贈莒川太守胡子懷〉。又，阿倩沈因伯四十初度，時伴予客莒川，其二敍云：「是日太守胡公無心送酒，適逢其會。」

劉耀薇斗

〔備注〕招請笠翁。

見卷二，〈喬復生王再來二姬合傳〉。卷三，〈寄謝耀薇大中丞〉。

郭生洲之培

〔備注〕憐才好士，笠翁引為特達之知。

見卷六，〈贈臬憲郭生洲先生〉。敍云：「予別武林十載，甲寅復至。當路諸公，皆屬舊好，惟臬憲未經謀面。雖深仰止之誠，其如棨戟森然，望而生畏，

又值羽檄紛馳之際，豈我輩執經問字之時？有聽其遼闊而已。詎料先生刻意憐才，不分治亂。聞予至止，渴欲下交，遂屬齪憲李含馨先生招至焉。才炙耿光，歡如鳳契。以韋布見禮于公卿，又非偃武修文之日，生平特達之知，自王湯谷按君而後，又一人也，詩以志幸。」

佟壽民彭年

〔備注〕好士喜文。

見卷二，〈佟壽民方伯擁書圖贊〉。卷四，〈江南貢院諸聯〉。敘云：「佟壽民方伯屬草。」又，〈佟壽民方伯〉。卷七，〈召仙〉。敘云：「辛亥之夏，呂祖降乩於壽民佟方伯之寄園。正在判事，予忽過之。……」

王湯谷元曦

〔備注〕笠翁引為生平特達之知。

見卷三，〈與王湯谷直指〉。又，〈與衞澹足直指書〉云：「別後復遊湖上，得受知王湯谷先生。」卷六，〈贈臬憲郭生洲先生敘〉云：「……生平特達之知，自王湯谷按君而後，又一人也。……」

王望如仕雲

〔備注〕笠翁同學。

見〈笠翁別集序〉。〈資治新書題詞〉。

施匪莪端敖

〔專擅〕好著書

見卷三，〈與施匪莪司城〉。又，〈贈施匪莪司城〉。又，〈贈施匪莪司城〉。

葉天木舟

〔備注〕歸買田宅於南城廻光寺之左，故嘯峯倪給諫舊園，水竹蕭疏，葛巾道服，宴坐高眠。特性狷急，不肯為人下。

見卷六，〈贈葉天木太守敘〉云：「由直指出為郡伯，與予居址相鄰。」

張飛熊勇

〔專擅〕禮士

〔備注〕招請笠翁至秦。

見卷二，〈喬復生王再來二姬合傳〉云：「歲丙午，予自都門入秦，赴賈大中丞膠侯，劉大中丞耀薇，張大將軍飛熊，三君子之招。」卷六，〈贈張大將軍飛熊敘〉云：「大將軍禮賢下士，為當代一人。予自皋蘭應召至甘泉，謁

見之始，大將軍遣使致聲，勿行揖讓之禮，因其數經血戰，體帶傷痍，勢難磬折故也。昔汲黯爲大將軍揖客，千古稱榮。予併一揖而捐之，此等異數，胡不可傳，惜當之者非其人耳。」又，〈答張大將軍飛熊問病〉。

周計百_{令樹}

〔專擅〕雅好文學之士

〔備註〕所至延攬才雋如弗及。隱及通殷勤。笠翁目爲文章知己。

見卷三，〈與紀伯紫〉云：「行將有事於太原，因太原主人周計百係弟實實文章知己，非寄耳目于人者。」

郭九芝_{傳芳}

〔專擅〕有康濟才，好士。

見卷五，〈胡上舍以金贈我報之以言評等〉。〈愼鸞交序〉。又，〈匡盧居士批評〉。

紀子湘_元

〔專擅〕聽斷明允，冤獄多平反

〔備註〕平生慷慨好施，遇事敢言。然好以才傲物，性又疏直，不能閹媚趨時好，故蹶而起，起而復蹶以卒。

見卷一，〈求生錄序〉。卷二，〈夢飯黃鶴樓記〉。卷四，〈贈河防司馬紀子湘〉。又，〈贈紀子湘司李〉。又，〈晴川閣敍〉云：「壬子之夏，余登黃鶴樓，既題一聯三律，爲高臯憲欽如先生，梓而懸之榱棟間，不肯代爲藏拙矣。未幾，爲郡伯紀子湘先生，邑侯唐松交先生，次第相招，飲于晴川閣上謂：『此樓與黃鶴對峙千古，子何獨鍾情黃鶴而蔑視晴川，不一闡揚其勝乎？』余曰：『成之久矣，非承下問，不敢出諸袖中，斯其時也。』遂出二詩一聯以獻。……」卷六，〈舟次澎城，冰雪交阻，紀子湘司馬李申玉廣文相留度歲〉。又，〈吳平輿招集園亭，偕周伯衡觀察，紀子湘郡伯觀梅。時予病目初癒，未及終席而返〉。卷七，〈臥游山房二首〉。〈次紀子湘郡伯原韵〉。

王涓來_{澤宏}

〔備註〕老辭歸，居金陵之大功坊，角中散服，倘佯山水，若忘其爲國者者然。

見卷四，〈贈王涓來太史〉。

顧願圃_{豹文}

〔備註〕有園「願圃」，中建小樓，樹叢木，與老友二三嘯傲倘佯，商略經史。

家居三十年，登眺湖山，觴咏東石，追白蘇之遺風，舉洛社耆英之故事，未有如其行樂之久者。

見卷二，〈喬王二姬傳〉。〈又西湖盜魚人自塞盜源紀略〉。卷三，〈與顧且庵侍御〉。卷四，〈顧且庵侍御六旬誕子〉。

紀孟起愈

〔專擅〕言事必舉利澤久遠，福及百姓

見卷四，〈紀孟起職方〉。敘云：「時視榷龍江。」

于勝斯珉

〔專擅〕能文之書

見卷三，〈與于勝斯郡司馬〉。又，〈與于勝斯公祖〉。卷四，〈吳興郡司馬于勝斯公祖二聯〉。卷六，〈贈吳興郡司馬于勝斯〉。又，〈秋日同于勝斯郡司馬，顧梁汾典籍，高鳳翥邑侯，集何紫雯使君署中，聽新到梨園度曲〉。又，〈又作誠隱詩一首，亦步前韵〉。敘云：「屈原作詞招隱，予獨反之者，因入吳興于司馬署中，歸安何令君席上，見其賦詩飲酒，選樂徵歌，儘多逸致。何必去薄書而後稱閒人，拂衣冠而後可行變事哉，故為是詩，名曰誠隱。……」〈又于勝斯郡丞邀陪余霽岩別駕林象鼎參軍衙聽曲攜菊而歸〉。

方艾賢國棟

〔專擅〕有政聲

見卷四，〈江南守憲方艾賢〉。卷五，〈依劉行為方艾賢觀察賦〉。

杜子濂澳

〔專擅〕有政聲，多釋獄，去陋俗

見卷三，〈與杜子濂公祖〉。

王儼齋鴻緒

〔專擅〕史

〔備注〕《明史》總裁官，纂修《平定三逆方略》總裁官。

見卷四，〈贈王儼齋太史〉，敘云：「癸丑第二人。」

蔡仁庵毓榮

〔專擅〕史

〔備注〕著《通鑑本末紀要》。

見卷二，〈夢飲黃鶴樓記〉。

馮易齋

〔專擅〕史

〔備注〕充《重修太宗文皇帝實錄》總裁官。居京師，闢萬柳堂，與諸名士
　　　　觴其中，性愛才，聞賢能，輒大書姓名於座隅，備薦擢，一時士論
　　　　歸之。

見卷四，〈贈馮易齋相國二聯〉。敘云：「公置萬柳庄于都門，不肯私為己有，
與縉紳士民共之。卷五，〈壽馮易齋相國〉。又，〈萬柳堂歌呈馮易齋相國〉。

董默庵訥

〔專擅〕有治績

〔備注〕有《督漕疏草》、《柳村詩集》。

見卷四，〈贈董默庵太史〉。

顏滄園光猷

〔專擅〕史、詩

〔備注〕曾充明史纂修官。

見卷四，〈贈顏滄園太史修來儀部二昆仲〉。

李坦園霨

〔專擅〕史

〔備注〕參預校訂律例，充纂《世祖實錄》總裁，《重修太祖高皇帝實錄》總
　　　　裁官，《明史》監修總裁官，《重修太宗文皇帝實錄》總裁官，《大清
　　　　會典》總裁官。

見卷四，〈贈李坦園相國二聯〉。

谷霖蒼應泰

〔專擅〕經、史

〔備注〕有《明紀事本末》八十卷。

見卷五，〈谷霖蒼學憲賜馬〉。

徐健庵乾學

〔專擅〕禮、史

〔備注〕總裁《一統志》，《會典》，《明史纂輯》。

見卷四，〈贈徐健庵彥和立齋三太史〉，敘云：「健庵登庚戌榜第三，彥和登
癸丑榜第三，立齋為己亥狀頭。一門三鼎甲，又屬同胞，前此未之有也。」

汪蛟門_{懋麟}

〔專擅〕詩、史

〔備注〕入史館充纂修官，著史傳若干篇，補《崇禎實錄》又若干卷。詩師
　　　　法在退之、子瞻兩家，而時出新意。

見卷一，〈雞鳴賦評〉。卷五，〈早行書所見平等〉。

倪闇公_燦

〔專擅〕史、書、詩

〔備注〕與修《明史》，撰〈藝文志序〉。

見卷一，〈龍燈賦評〉。又，〈支頤賦評〉。

汪舟次_楫

〔專擅〕史

〔備注〕與修明史。

見卷八，〈誤佳期〉，〈本意評〉。

馮青士_{野祖}

〔專擅〕史、有治績

〔備注〕林下二十餘年，杜門著書，貫串二十一史，有史論數十卷。

見卷八，〈風入松〉，題馮青士希顏居。敘云：「因居陋巷，故名。」

李鄴園_{之芳}

〔專擅〕有治績

〔備注〕屢平反冤獄。

見卷一，〈制師尙書李鄴園先生靖逆歌序〉。卷四，〈督師尙書李鄴園夫子〉。
卷五，〈軍興三異歌爲督師李鄴園先生作〉。

吳伯成

〔專擅〕有治績

〔備注〕清丈賑饑，彈壓旗兵，人民德之。

見卷四，〈賀梁湄父母〉，敘云：「時吳伯成先生以錫山令驟遷臬憲故云。」
卷五，〈吳太翁輓歌〉。敘云：「錫山令伯成之尊公也。」

王允大

〔專擅〕有經濟才，扶傷恤災，民忘兵燹之苦。

見卷三，〈與王允大驛憲〉。

陳大來_{啟泰}

〔專擅〕有政聲

〔備注〕死難於閩變。

見卷一,〈祭福建靖難巡海道陳大來先生文〉。

范覲公_{承謨}

〔專擅〕有政聲

〔備注〕死難於閩變。

見卷一,〈祭福建靖難總督范覲公先生文〉。

丁泰巖_{思孔}

〔專擅〕有治績

〔備注〕大軍征剿海賊,往來絡繹,料理裕如。

見卷三,〈與丁泰岩方伯〉。又,〈再寄丁泰岩方伯〉。卷四,〈丁泰岩方伯〉。

許于王

見卷二,〈春及堂詩跋〉。卷三,〈與許于王直指〉。卷五,〈贈許于王直指〉。

敘云:「時視鹺兩浙。」

慕鶴鳴_{天顏}

〔專擅〕有治績

見卷四,〈贈慕鶴鳴方伯〉。敘云:「由太守驟遷方伯,前此出海外招撫。」

卷五,〈江左夷吾行爲慕鶴鳴方伯賦〉。

馮秋水_{如京}

〔專擅〕長軍事,敉亂拯民

見卷十,〈論康澄論事評〉。又,〈論趙普之諫太祖評等〉。

楊靜山_毖

〔專擅〕有治績

見卷十,〈論裴度上蔡鄆用兵憂勤機略評〉。

張俊升

〔專擅〕有治績

見卷一,〈壽張俊升臬憲序〉。卷四,〈臬憲張俊升公祖〉。

李毅可_{士楨}

〔專擅〕有治績

見卷四，方伯李毅可公祖。卷六，贈李毅可方伯。

盧孟輝燦

〔專擅〕有政聲

見卷二，〈龍丘邑宰盧公異政紀略〉。又，〈盧公復任紀略〉。

佟孚六有年

〔專擅〕閩變期間多功績

見卷一，〈閏月稱觴記〉。卷四，〈別駕佟孚六公祖〉。卷七，〈壽佟孚六別駕〉。
敘云：「時督軍糈入閩，生辰已過，乃于閏月稱觴，補前月之未逮。」

張秀升登舉

〔專擅〕有治績

見卷二，〈夢飯黃鶴樓記〉。卷三，〈與張秀升郡司馬〉。卷四，〈壽張秀升郡
司馬〉。卷六，〈寄懷荊州張秀升司馬〉。

譚慎伯弘寬

〔專擅〕有治績

見卷一，〈代壽鳳關榷使譚慎伯序〉。卷四，〈譚慎伯榷使〉。卷六，〈寄壽譚
慎伯榷使〉。

許漢昭

〔備註〕杭州別駕

見卷一，〈送別駕許公漢昭擢郡司馬序〉。卷六，〈壽武林別駕許漢昭〉。又，
〈許漢昭別駕擢漢陽司馬〉。

王鼎臣樑

〔備註〕杭州太守

見卷四，〈武林太守王鼎臣公祖二聯〉。

陳司貞秉直

〔備註〕江南臬憲

見卷一，〈兩浙撫軍陳司貞先生壽序〉。卷二，〈漢壽亭侯玉印記〉。卷四，〈大
中丞陳司貞公祖〉。敘云：「公由兩浙方伯即擢撫軍。」

葉亮工自燦

〔備註〕高淳邑宰

見卷四，〈贈金華令君邢逸園〉。敘云：「代舊高淳令葉亮工作。葉籍金華，

邢籍高淳，兩人互爲父母。」

陳麓屏國珍

〔備註〕太倉刺史

見卷三，〈與太倉州守陳麓屏〉。

張伯亮道祥

〔備註〕珥海憲副

見卷四，〈贈張伯亮副總戎〉。又，〈贈張伯亮封翁〉。敘云：「伯亮舊元戎也。
長公履吉，久作文臣，次公履貞，新登武科。」

陶康叔三寧

〔備註〕蘭谿大尹

見卷二，〈嚴陵西湖記〉。

袁若遺國璋

〔備註〕嘉禾、衡州太守

見卷四，〈嘉禾太守袁若遺公祖〉。

屠芝岩粹忠

見卷五，〈黃河篇評〉。又，〈坐葛氏尚義堂留贈平等〉。

佟懷侯世錫

〔備注〕仁和邑宰

見卷四，〈仁和邑宰佟懷侯父母〉。

房慎菴廷禎

〔備注〕豐城邑宰

見卷四，〈房慎菴榷使〉。卷六，〈房慎菴榷使招飲署中時唐祖命中翰攜醱適
至〉。

歷事明清者

金長真鎮

〔專擅〕好文

〔備注〕好禮名士，躬率諸子設廚食，讌飲酬答，有風流太守之目。

見卷三，〈與金長眞太守〉。卷四，〈贈金長眞太守〉。卷六，〈次韵和金長眞
太守〉。敘云：「時新補廣陵。」又，送金長眞太守之任維揚，仍次前韵。又，

金長眞以廣陵太守擢江南憲副。敘云：「時予僑居白門。」又，金長眞太守初度時新得擢音。卷七，爲金長眞太守題畫八絕。卷八，朝中措，平山堂和歐公原韵。其二，敘云：「堂爲金長眞太守復見，故云。」又，滿庭芳，金長眞太守擢江南憲副，聞報之日，正在稱觴，是日復有誕孫之喜。

周櫟園亮工

〔專擅〕工古文辭，喜爲詩

見卷六，〈吳冠五後斷腸詩十首評〉。云：「憶壬子春，偕周櫟園憲副，方樓岡學士，方邵村侍御，何省齋太史，集芥子園觀劇。共羨李郎貧士，何以得此異人？今讀是書，不禁彩雲易散之感。」卷四，〈手卷額〉。〈資志新書二集序〉。

賈膠侯漢復

〔專擅〕補刻西安學官孟子石經，招請笠翁。

見卷二，〈喬復生王再來二姬合傳〉。卷三，〈寄謝賈膠侯大中丞〉。卷四，〈蒲州賈水部園亭〉。又，〈贈賈膠侯大中丞〉。又，〈壽賈大中丞膠侯〉。卷五，〈華山歌壽賈大中丞膠侯〉。

吳薗次綺

〔專擅〕好詩、文、塡詞小令有「紅豆詞人」之號。務言其意之所欲出，不堪規摹初盛唐體格。

見卷八，〈臨江仙偶興評〉。又，〈蘇幕遮〉，〈山中待月月果至平等〉。

姜西溟宸英

〔專擅〕書、史

〔備注〕有《刑法志》。著作入四庫書者有《江防總論》、《海防總論》各一卷。《湛園集》八卷。

見卷六，〈後斷腸詩十首評〉。

龔芝麓鼎孳

〔專擅〕詩、古文

〔備注〕與吳偉業、錢謙益齊名，稱爲「江左三大家」。爲人放曠，頗爲時所譏。

見卷三，〈與龔芝麓大宗伯〉。又，〈與紀伯紫〉。卷五，〈大宗伯龔芝麓先生輓歌〉。卷六，〈寄懷大宗伯龔芝麓先生二首〉。卷七，〈大宗伯龔芝麓先生書來〉，

有將購市隱園，與予結鄰之約。喜成四絕奉寄，以速其成。卷四，〈碑文額〉。

錢牧齋謙益

〔專擅〕文

〔備註〕嘗輯明人詩爲《歷朝詩集》，所著《初學》、《有學》二籍，乾隆時以
　　　　其語涉誹謗，板被禁毀。

見卷一，〈龍燈賦評〉。卷二，〈東安賽神記評等〉。

吳梅村偉業

〔專擅〕詩、文、書、雜劇

見卷六，〈梅村〉。敍云：「吳駿公太史別業。」卷八，〈滿庭芳〉，〈十餘詞吳
梅村太史席上作〉。又〈鶯啼序〉，〈吳梅村太史園內看花，各詠一種，分得
十姊妹〉。

曹秋嶽溶

〔專擅〕文章、尺牘、詩

〔備註〕詩與龔鼎孳齊名，人稱龔曹。

見卷一，〈祭福建靖難巡海道陳大來先生文評〉。卷五，〈題程天臺梅卷子平
等〉。

程端伯正揆

〔專擅〕善山水、工書

見卷七，〈山中送客評〉。又，〈題畫雜詩其七平等〉。

毛會侯際可

〔專擅〕有善政、通浚治

見卷八，〈一剪梅〉，〈送窮戲作評〉。又，〈蘇幕遮〉，〈山中待月月果至平等〉。

　　以上共九十四人，此外，散見笠翁詩文，其人不可考者，尚不在少數，
若：

張敬止　　見卷二〈張敬止網魚圖讚〉。卷五〈張敬止使君相馬圖歌〉。

陳定菴封君、嚴柱峰侍御　見卷二〈西湖盜魚人自塞盜源紀略〉。

嵩澹足直指　　見卷三〈與衛澹足直指〉。

陳學山少宰　　見卷三〈與陳學山少宰〉。

倪涵谷孝廉　　見卷三〈與倪涵谷孝廉〉。

周將軍雲山　見卷二〈嚴陵西湖記〉。　見卷五〈送周參我雲山之浦陽〉。

差使李萬資、別駕趙又韓、遊擊將軍成耀光、署別參軍林象鼎、歸安令君何紫雯　見卷二〈兩宴吳興郡齋記〉。卷五〈謝蟹歌爲歸安令君何紫雯作〉。

余霽岩　見卷二〈余霽岩使君像贊〉。卷四〈吳興郡司農余霽岩公祖〉。

楊鄂州樞部　見卷三〈答楊鄂州樞部〉。卷六〈壽楊鄂州樞部四秩〉。

袁六完太常　見卷三〈復袁六完太常〉。

孫雪崖使君　見卷三〈與孫雪崖使君〉。卷六〈次韵贈孫雪崖使君〉。

陳端伯侍郎　見卷三〈與陳端伯侍郎〉。

湯聖昭　見卷二〈湯聖昭使君小像贊〉。卷六〈舟泊清江，守閘陸馭之、司農湯聖昭、刺史彭觀吉、張力臣諸文學移鐏過訪，是夕外演雜劇，內度清歌〉。

張華平太史　見卷三〈與張華平太史〉。

陳大司成　見卷三〈與陳大司成〉。

高彥侶觀察　見卷三〈復高彥侶觀察〉。

董大中丞曾徵、張方伯九如、高臬憲欽如、王副憲鳴石、婁觀察君蕃、李太守雨商、唐邑侯松交　見卷二〈夢飲黃鶴樓記〉。卷六〈贈荆州李雨商太守〉。卷六〈贈張九如方伯〉。

沈繹堂太史　見卷二〈張詩宜像贊〉。

王綏亭大司馬　見卷三〈與王綏亭大司馬〉。

曹峩眉中翰　見卷三〈與曹峩眉中翰〉。

柯岸初掌科　見卷三〈復柯岸初掌科〉。

徐靜庵學憲　見卷三〈復徐靜庵學憲〉。

丁飛濤儀部　見卷三〈與丁飛濤儀部〉。

劉夢錫　見卷三〈與諸暨明府劉夢錫〉。

王繼之少參　見卷四〈贈王繼之少參〉（乃江南糧儲道）。

冀公治大司空　見卷四〈壽冀公治大司空〉。

劉雙山給諫　見卷四〈贈劉雙山給諫二聯〉。

王子玠京兆　見卷四〈賀王子玠京兆續娶〉。

韋仁輝將軍　見卷四〈韋仁輝將軍〉。

何主洛使君　見卷五〈儋州行贈何主洛使君〉。

佟碧枚使君　見卷五〈一人知己行贈佟碧枚使君〉。

虞君哉待詔　見卷五〈虞君哉待詔數數招飲不容稍卻此言謝并誌豆觴之盛〉。

李大將軍　見卷四〈贈李大將軍〉。

祖起凡　見卷四〈學憲祖起凡公祖〉。

周汝霖司獄　見卷四〈周汝霖司獄〉。

江濯公　見卷四〈贈蕪湖關使江濯公〉。

張克念　見卷四〈金華郡守張克念公祖〉。卷八〈一叢花〉「謝張克念郡伯餉米」

鄔漢章　見卷四〈金華別駕鄔漢章公祖〉。

金公璋　見卷四〈嘉湖守憲金公璋公祖二聯〉。

周伯衡觀察　見卷六〈吳平興招集園亭偕周伯衡觀察紀子湘郡伯觀梅時予病
　　　　　　目初癒未及終席而退〉。

劉元輔　見卷六〈壽劉元輔方伯〉。

劉使君　見卷三〈與劉使君〉。

曹完璧司空　見卷四〈贈曹完璧司空（時督江南織造）〉

齻使遲公　見卷四〈贈齻使遲公〉。

李望石都憲　見卷四〈贈李望石都憲〉。

索愚庵相國　見卷四〈贈索愚庵相國〉。卷八〈滿江紅呈索愚庵相國二首〉。

馬虎山參戎　見卷四〈馬虎山參戎〉。

季闓山　見卷四〈嘉禾司馬季闓山公祖〉。

沈大匡使君　見卷五〈題壽星圖祝沈大匡使君〉。

季海濤　見卷五〈輓季海濤先生〉

鞠觀玉御史　見卷四〈賀鞠觀玉御史遷居〉。

劉山矅公祖　見卷四〈糧憲劉山矅公祖〉。

孫貞符　見卷四〈壽別駕孫貞符公祖〉。

譚愼伯権使　見卷〈四譚愼伯権使〉。

葛霜華郡伯　見卷〈四贈葛霜華郡伯〉。

王美堯　見卷四〈金華二守王美堯公祖〉。

楊玉衡　見卷四〈蘭谿令君楊玉衡父母二聯〉。〈題楊玉衡父母郡城公館〉。
　　　　卷六〈贈蘭谿令君楊父母〉。

徐東來　見卷六〈贈徐東來序〉。

吳修蟾　見卷五〈別吳修蟾〉、〈徐東來三詩友〉。卷七〈東吳修蟾〉。

盧亨一大中丞　見卷六〈壽盧亨一大中丞〉

守閘陸馭之、刺史彭觀吉　見卷六〈舟泊清江守閘陸馭之司農湯聖昭刺史彭
　　　　觀吉張力臣諸文學移罇過訪是夕外演雜劇內度清歌〉。

唐祖命中翰　見卷六〈房愼庵権使招語署中時唐祖命中翰攜罇適至〉。

蘇小眉使君　見卷六〈寄贈蘇小眉使君〉。

許無功、何崑孚　見卷三〈與諸暨明府劉夢錫〉。

申菽旆中翰　見卷四〈贈申菽旆中翰〉。

金華太守李恂九　見卷六〈贈金華太守李恂九公祖〉。

鄭輔庵協鎮　見卷六〈贈鄭輔庵協鎮〉。

嚴修仁使君　見卷六〈嚴修仁使君以所撰傳奇送覽賦贈〉。

鄭將軍　見卷七〈鄭將軍蕩寇凱歌三百〉。

瞿萱儒　見卷五〈活虎行序〉。

等百數十人之多。

至若所交名士，可考見其事蹟者，列之如下：

王左車
　　〔備注〕王安節宓草之父，笠翁之好友。
　　見卷三，〈與王左車〉。又，〈復王左車〉。又，〈懷王左車〉。卷六，〈寄懷王
　　左車暨長公安節次公宓草〉。

謝文侯彬
　　〔專擅〕畫
　　見卷二，〈梁冶湄明府西湖垂釣圖贊〉。

王宓草著

　　〔專擅〕詩歌、山水花卉翎毛、印章

　　見卷一，〈求生錄序評〉。卷六，〈弔詩四首其二平等〉。

紀伯紫映鍾

　　〔專擅〕詩

　　〔備注〕隱不違親，貞不絕俗。

　　見卷三，〈與紀伯紫〉。卷六，〈寄紀伯紫〉。敘云：「伯紫舊居去予芥子園不
　　數武，俱在孝侯臺側。孝侯即周處，臺其讀書處也。」

樊會公圻

　　〔專擅〕山水花卉人物

　　金陵八大家之一。〔註46〕

　　見卷六，〈寄懷樊會公吳遠度二韵友〉。

沈賁園白

　　〔專擅〕工書、山水

　　見卷三，〈復沈賁園〉。

尤展成侗

　　〔專擅〕史、詩文、戲曲

　　見卷一，〈蟹賦序〉有云：「惟吾友尤子展成一作」等語。又，次韵和尤悔庵
　　水哉亭四首。卷七，〈端陽前五日，尤展成，余澹心宋澹仙，諸子集姑蘇寓
　　中觀小鬟演劇。澹心首創八絕，依韵和之〉。卷八，〈二郎神慢，和尤悔庵觀
　　家姬演劇次原韵〉。

張力臣弨

　　〔專擅〕善六書之學，花鳥工雅

　　見卷六，〈舟泊清江，守閘陸馭之，司農湯聖昭，刺史彭觀吉張力臣諸文學，
　　移罇過訪，是夕外演雜劇，內度清歌〉。又，〈贈張力臣、郯度、讓三三昆仲〉。

徐冶公鏡曲化農

　　〔專擅〕戲曲

　　〔備注〕有香草亭（本作吟）傳奇。

　　見卷一，〈香草亭傳奇序〉。卷三，〈與徐冶公二札〉。

〔註46〕金陵八大家有：龔賢、高岑、鄒喆、吳宏、葉欣、胡造、謝蓀及樊圻。

程穆倩^邃

〔專擅〕詩文、山水、善鑑古書畫及銅玉之器，善篆籀圖章。

見卷五，〈擔燈行贈程子穆倩〉。又，〈食筍歌〉，〈又贈程子穆倩〉。卷四，〈虛白匾〉。

孫無言^默

〔專擅〕好文

〔備注〕重交好友。詳見顧文

見卷八，〈玉樓春〉，題孫無言半瓢居。又，〈風入松〉，壽孫無言六十。

毛稚黃^{先舒}

〔專擅〕聲韵、詩、文史

〔備注〕西冷十子之一。與修《浙江通志》。

見卷二，〈朱靜子傳〉。卷三，〈與孫宇台毛稚黃二好友〉。卷四，〈毛稚黃遷居〉。卷六，〈寄懷石庵冢孟暨毛子稚黃〉。又，〈舟中讀毛稚黃韵學通指暨東苑詩抄種種新刊，喜而有作，亦以寄之。〉卷六，〈寄懷毛稚黃同學時卧病已久〉。

汪然明^{汝謙}

〔專擅〕延納名流，文采照映，四方賓客，徵歌賦詩，或緩急相投，立為排解。

見卷五，〈元霄無月，次汪然明封翁韵〉。卷六，〈清明日汪然明封翁招飲湖上，座皆名士，兼列紅粧〉。卷八，〈行香子，汪然明封翁索題王修微遺照〉。

周沛甄^{世傑}

〔專擅〕詩、文

〔備注〕嘗謂貴出性情，何必步趨先民，循循規矩也。

見卷二，〈余霽岩使君像贊敘〉。卷六，〈偶過余霽岩別駕署中，晤周沛甄文學，適何紫雯吳睿公皆不期而至，因留啖蟹，並耳清歌，即席同賦，限陽字〉。

孫宇台^治

〔專擅〕詩

見卷三，〈與孫宇台〉。卷三，〈與孫宇台毛稚黃二好友〉。卷六，〈贈孫子宇台〉。〈蜃中樓序〉。

王安節^槩

〔專擅〕詩古文詞及制舉業皆能，水石人物，花卉翎毛，有味外之味。

見卷一，〈登燕子磯觀舊刻詩詞記〉云：「後二年，與小友王安節月夜泊舟，

坐飲其上。」又,〈泊燕子磯看月與王安節同賦〉。卷六,〈寄懷王左車暨長公安節次公宓草〉。卷七,〈舟中題王安節畫冊八〉。〈芥子園畫傳序〉。〈芥子園畫傳合編序〉。

徐周道行

〔專擅〕精歧黃

見卷六,〈贈徐周道文學〉。敘云:「長君二南」

韓子蘧純玉

〔專擅〕詩

見卷三,〈與韓子蘧〉。卷六,〈別韓子蘧十五年遇于何紫雯使君席上,次日過訪,袖出郎君詩文屬選,賦以贈之〉。

包冶山璿

〔專擅〕詩

〔備注〕笠翁好友。

見卷一,〈包璿李先生一家言全集敘〉。卷五,〈贈包冶山〉。敘云:「時在王府下僚幕中。」卷四,〈蕉葉聯〉。

李仁熟

〔專擅〕詩

〔備注〕笠翁詩友。

見卷二,〈夢飲黃鶴樓記〉云:「熊李漢陽人,予詩友也。」卷三,〈與李仁熟〉。卷五,〈次韵和李仁熟送予之荊南〉。又,〈贈李仁熟二首〉。卷六,〈壽李仁熟〉。卷七,〈堵天柱熊荀叔熊元獻李仁熟四君子攜酒過寓觀小鬟演劇〉。〈元獻贈詩四絕〉,依韵和之。卷七,〈冬夜懷熊元獻李仁熟二好友〉。

朱宮聲

〔專擅〕好飲嗜讀書

見卷一,〈智囊序〉。又,〈古今笑史序〉。

朱姜玉

〔專擅〕好飲嗜讀書

見卷一,〈智囊序〉。又,〈古今笑史序〉。

朱石鐘

〔專擅〕好飲嗜讀書

見卷一，〈智囊序〉。又，〈古今笑史序〉。

余澹心懷

〔專擅〕詩

〔備註〕與杜濬白夢鼐齊名，號「余杜白」。

見卷三，〈與余澹心五札〉。又，〈與余澹心〉。卷七，〈端陽前五日，尤展成余澹心宋澹仙諸子，集姑蘇寓中，觀小鬟演劇。澹心首倡八絕，依韵和之〉。又，〈端陽後七日，諸君子重集寓齋，備觀新劇。澹心又疊前韵，即席和之〉。笠翁偶集序。

朱次公令昭

〔專擅〕詩、畫、篆刻

見卷二，〈朱次公四時行樂圖讚〉。

佟梅岑世男一作世勇

〔專擅〕詞

〔備註〕與納蘭性齊名。

見卷三，〈復佟梅岑〉。卷八，〈浪淘沙，佟梅岑席上分題各賦三闋之一〉。

宗定九元鼎

〔專擅〕詩

見卷八，〈蝶戀花，弓鞋評〉。

沈遙聲豐垣

〔專擅〕詞

見卷八，〈唐多令，中秋病作辭友人看月之招評〉。

陸左城埏

〔專擅〕有文名

見卷七，〈吳鈎行評〉。卷八，〈好春光春社平等〉。

何鳴九人鶴

〔專擅〕工詩

見卷五，〈七夕感懷，為何鳴九渡江作〉。卷六，〈補祝何鳴九初度〉。敘云：「時相遇武昌，已訂同遊之約。」卷七，〈題何鳴九小像〉。

黃皆令媛介

〔專擅〕詩、山水

見〈意中緣序〉。又，〈禾中女史批評〉。

王玉映端淑

　　〔專擅〕詩、文、書畫

　　〔備注〕見〈比目魚序〉。

明亡後縱跡山林，放志江湖者，有：

胡彥遠介

　　〔專擅〕詩

　　〔備注〕晚逃於禪。

　　見卷三，〈復胡彥遠〉。卷五，〈答胡彥遠述游況蕭條〉。卷六，〈胡彥遠過訪
　　不值留札及詩〉。奈何天序。

陸麗京圻

　　〔專擅〕詩、醫

　　〔備注〕其詩世稱西泠體，後逃禪。

　　見卷五，〈聞老友陸麗京棄家逃禪寄贈二首〉。

杜于皇濬

　　〔專擅〕詩

　　見卷三，〈與杜于皇〉。〈鳳求凰序〉。

姜次生正學

　　〔專擅〕圖章

　　見卷五，〈奇窮歌爲中表姜次生作〉。又，〈答姜次生問山居近狀〉。卷六，〈姜
　　次生留宿齋頭雷雨忽晴，起就月中看牡丹得臺字〉。卷六，〈祝長康、唐萬叔、
　　姜次生，攜酒過予不值，代柬謝之，並訂後約〉。又，〈奇窮詩輓姜次生中表〉。
　　敘云：「次生命予歌奇窮，二十年于茲矣。仍以此題作輓悲其遇也。」

顧赤方景星

　　〔專擅〕詩

　　見卷三，〈答顧赤方〉。卷七，〈次韵和顧赤方見贈三首〉。其三敘云：「赤方
　　意在顧曲，時家姬有患病不能歌者。」

潘愚溪一成

　　〔專擅〕詩

〔備注〕漁于桂林訪之，甚相得。

孫豹人枝蔚

〔專擅〕詩、古文

見卷六，〈南歸道上生兒自賀二首評〉。

徐電發釚

〔專擅〕詩、工倚聲

見卷三，〈與徐電發〉。卷六，〈贈徐子電發〉。

方爾止文

〔專擅〕詩

〔備注〕與錢澄之齊名，其壻為王槩。

見卷九，〈論吳季札讓國評〉。又，〈論子產寬猛之政平等〉。

王于一猷定

〔專擅〕詩、文、善書

見卷五，〈立秋夜評〉。卷六，〈春陰平等〉。

陳伯璣允衡

〔專擅〕詩

見卷十，〈論常袞崔祐甫為相用人得失評〉。

陸梯霞堦

〔專擅〕文

見卷四，〈題高欽如臬憲衙齊評〉。卷六，〈送張韓二子游燕平等〉。卷十，〈論蘇穎濱謂羊祜巧于策吳拙于謀晉平〉。又，〈論王式兵評〉。卷一，〈詞采第二忌填塞評〉。

查伊璜繼佐

〔專擅〕書、畫、史

〔備注〕名在莊廷鑨私史參閱之列。

見卷六，〈辛丑舉第二男誕生之際，適范正盧遠心二觀察過訪，親試啼聲而去，因以雙星命名，志佳兆也。評〉。

范文白驤

〔專擅〕書

見卷二，〈東安賽神記評〉。又，〈賣山券評等〉。

潘大生永圓

　　見卷六，〈喜潘大生至〉。

黃石公國琦

　　見別集，〈論華封人三祝評〉。又，〈論晉文公賞從亡者而不及介子推平等〉。

王山史宏撰

　　〔專擅〕古文、金石、書法

　　見卷五，〈登華嶽四首評〉。卷七，〈和劉子岸先生十無詩食無米評等〉。

李研齋長祥

　　〔專擅〕喜言兵

　　見卷一，〈龍燈賦評〉。又，〈莧羹賦評等〉。

鄭汝器

　　〔專擅〕醫、詩、書

　　見卷六，〈贈鄭汝器〉。敘云：「汝器文人也，能詩工書，且篤友誼。以岐黃術噪名于世，疾者盈門，車無停軌。自以爲苦，欲逃其名而不得。故作是詩以勉之。」

張壺陽

　　〔專擅〕詞

　　見卷二，〈佛日稱觴記〉。又，〈朱靜子傳評〉。又，〈與張壺陽觀察〉。卷六，〈次韵和張壺陽觀察題層園十首〉。

事不可考者，有：

　　胡文漵　見卷一〈琴樓合稿序〉。

　　嚴元復、姚居石、胡伊人、宋彥公、施必忠、陶康叔　見卷二〈嚴陵西湖記〉。

　　范晴齋　見卷二〈范晴齋像贊〉。

　　王茂莘　見卷二〈王茂莘像贊〉。

　　劉了菴　見卷二〈劉了菴先生像贊〉。

　　朱駿文　見卷二〈朱駿文像贊〉。

　　楊亦禪　見卷二〈楊子亦禪像贊〉。

　　高碩甫　見卷六〈初度日七十老人高碩甫携樽過訪留宿三日而去〉。

金孟英　見卷六〈重過婺城別金孟英老友〉。

吳平輿　見卷六〈吳平輿招集園亭偕周伯衡觀察紀子湘郡伯觀梅時予病目初癒未及終席而返〉。

趙國子、姚天通、索蒼筬　見卷六〈東來座上遇趙國子姚天通索蒼筬諸君喜而有作兼訂黃鶴之遊〉。

張來遠　見卷六〈中秋前一夕飲張來遠尃秋堂即席賦別來遠持遠諸昆仲〉。

陳仲抒　見卷六〈向陳仲抒借書〉。

虞鏤以嗣　見〈風箏誤序〉。

錢照五、馮又令　見卷一〈和鳴集序〉。

熊元獻　見卷二〈夢飲黃鶴樓記〉。卷六〈次韵和熊元獻寄懷〉。卷三〈復熊元獻〉。卷六〈別熊元獻歸白門兼謝一載居停之誼〉。

吳念菴　見卷二〈吳念菴採芝像贊〉。

張詩宜　見卷二〈張詩宜像贊〉。

羅上極　見卷二〈羅上極像贊〉。

沈亮臣　見卷二〈沈亮臣像贊〉。

鄭乘文　見卷二〈鄭乘文像贊〉。

江晚柯　見卷六〈贈江晚柯老友〉（擅書畫）。卷五〈雲居春雪偕周房仲觀察江晚柯山人同賦限嚴字〉。

吳遠度　見卷六〈寄懷樊會公吳遠度二韵友〉。

黃無傲　見卷六〈次韵和黃無傲廣陵懷古〉。卷八〈大江東「登燕子磯」與黃無傲同作〉。

黃仙裳　見卷六〈和黃仙裳韵仍其首句〉。

劉直方　見卷六〈次韵和劉直方過訪見贈之作〉。

余士元　見卷六〈余士元園停假榻〉。

虞巍玄洲　見〈憐香伴序〉。

朱胆生　見卷二〈西湖盜魚人塞盜源紀略〉

沈喬瞻　見卷二〈喬復生王再來二姬合傳〉。

吳雲文　見卷五〈丁巳小春偕顧梁汾典籍吳雲文文學集吳念菴齋頭啖蟹甚暢即席同賦〉。

吳睿公　見卷五〈贈吳睿公二首〉。卷六〈偶遇余霽嚴別駕署中晤周沛甄文學適何紫雯吳睿公皆不期而至因留啖蟹并耳清歌即席同賦〉。

林安國　見卷三〈與林安國三札〉。

陳蕋僊　見卷三〈答陳蕋僊〉。

梁石渠　見卷三〈與梁石渠〉。

顧碩甫　見卷三〈與顧碩甫〉。

叢木虛　見卷三〈柬叢木虛〉。

唐君宗　見卷三〈復唐君宗〉。

鄭房季　見卷三〈與鄭房季〉。

陳瓠翁　見卷三〈與陳瓠翁〉。

陸誕先　見卷三〈贈陸誕先〉。

周東軒　見卷三〈復周東軒〉。

陳陶莽、鄒可達　見卷三〈與陳陶莽鄒可達〉。

彭觀吉　見卷四〈贈彭觀吉〉。

羅育純　見卷四〈羅育純醫士〉。

閔士先　見卷四〈閔士先醫士〉。

葉鍊師　見卷五〈有懷葉鍊師〉。

趙聲伯　見卷三〈與趙聲伯文學〉。

鄭端士　見卷四〈鄭端士文學新婚〉。

李西禹　見卷五〈贈在吳興李西禹文學〉。

鄭彰魯　見卷六〈寄懷鄭彰魯文學〉。

張仲選　見卷三〈與張仲選〉。

張其山　見卷三〈與張其山〉。

俞貞菴　見卷三〈復俞貞菴〉。

沈亮臣　見卷三〈與沈亮臣〉。

朱建三　見卷三〈復朱建三〉。

趙介山　見卷三〈與趙介山〉。

王鼎中　見卷三〈與王鼎中〉。

汪我生　見卷三〈簡汪我生〉。

孫豫公　見卷三〈柬孫豫公〉。

曹丘生　見卷三〈復徐靜庵學憲〉。

朱其恭　見卷三〈復朱其恭〉。

周慎之　見卷四〈周慎之徙宅賀聯〉。

凌穎仙　見卷四〈凌穎仙醫士郎君鄉捷〉。

許青霞、藺公姪　見卷四〈許青霞藺公姪二人同居〉。

鄭彰泰　見卷四〈壽鄭彰泰四十〉。

郭去疑　見卷五〈贈郭去疑〉。

胡上舍　見卷五〈胡上舍以金贈我報之以言〉。

曹冠五　見卷五〈戲贈曹冠五〉。

周履坦　見卷五〈周履坦山人自畫小像歌〉。

王子敬　見卷五〈過王子敬山居留贈〉。

吳彥遠　見卷五〈答吳彥遠述遊說蕭索〉。

吳睿公　見卷五〈贈吳睿公二首〉。

朱叔文　見卷六〈朱叔文過訪留宿〉。

錢澹叟　見卷六〈投宿錢澹叟居看菊自出數錢沽酒〉。

許孩如　見卷六〈同許孩如登仙華絕頂寄許孩如同學〉。

王欽衷　見卷六〈贈王欽衷解元〉。

冷然和尚　見卷五〈飯冷然和尚〉。

陳松野　見卷七〈題陳松野所畫山水二絕〉。

宋澹仙　見卷七〈端陽前五日尤展成余澹心宋澹仙諸子集姑蘇寓中觀小鬟演劇〉。

李蓼墅　見卷八〈清平樂和家蓼墅見贈時在燕都〉。

董雲客　見卷五〈送董雲客歸金陵〉。

許茗車　見卷五〈贈許茗車卷七許茗車送菊以詩代柬次韵酬之〉。

陳子壯　見卷五〈過陳子壯山居留宿〉。

陸洪濛　見卷五〈紫霄巖訪陸洪濛羽士〉。

程天臺　見卷五〈題程天臺畫梅卷子〉。

許鍊師　見卷五〈代送許鍊師入蜀〉。

韓國士　見卷六〈寄韓國士讀書金山韓國士七夕後一日合巹〉。

祝長康、唐萬叔　見卷六〈祝長康唐萬叔姜次生攜酒過予不值代柬謝之兼訂
　　　　後約〉。

古燈和尚　見卷三〈與古燈和尚〉。卷七〈古燈上人懷詩過訪偶出不遇〉。

堵天柱、熊荀叔　見卷七〈堵天柱熊荀叔熊元獻李仁熟四君子攜酒過寓觀小
　　　　鬟演劇〉。

王長安　見卷八〈花心動　王長安席上觀女樂〉。

　　鼎革之前，笠翁所交士宦亦不乏其人，今可知者有三：朱梅溪，乃明宗
室，以罪謫至浙江婺州，笠翁與之訂交于崇禎六年癸未（西元 1633 年）見卷一
朱梅溪先生小像題咏序。卷四金華寶婺觀序。卷六朱梅溪宗侯謫婺州。許橄彩，為明季婺州司馬，
笠翁曾客署中二年。見卷二許青浮像贊。卷六亂後無家暫入許司馬幕。許司馬亂中得家報為賦志喜。
許豸侯官，係明朝名宦，主兩浙文衡，笠翁以五經見拔，識漁之第一人也。見
卷二春及堂詩跋卷三與許于王直指。

　　笠翁所交遊，以好文放曠，善納名士之流居眾，其往來或詩文贈答〔註47〕
或席間吟詠〔註48〕或聆音觀劇〔註49〕或遊山遨水〔註50〕或持麈清談〔註51〕或
觀摩劇作〔註52〕或品評詩文。〔註53〕較諸當日以博弈聲歌蹴踘說書之技，邀

〔註47〕見卷三〈與丁飛濤儀部〉，〈與孫宇台〉等。

〔註48〕若卷六〈梅村詩〉。卷八〈滿庭芳　十餘詞　吳梅村太史席上作〉餘參見〈交
　　　　遊〉一則所列。

〔註49〕見卷七〈堵天柱熊荀叔熊元獻李仁熟四君子攜酒過寓觀小鬟演劇〉，餘可參〈交
　　　　遊〉一則所列。

〔註50〕見卷六〈同許孩如登仙華絕頂〉，餘可參〈交遊〉一則所列。

〔註51〕見卷三〈與于勝斯郡司馬〉。〈與劉使君〉。

〔註52〕見卷三〈與徐冶公二札〉。〈復尤展成五札〉。卷一〈香草亭傳奇序〉。

〔註53〕見卷三〈答顧赤方〉。〈與方紹村侍御〉。〈與余澹心五札〉。〈與紀伯紫〉。〈與

遊縉紳之門者，〔註54〕笠翁堪稱風雅清客，且未嘗不以「文士」、「儒徒」自視，以招己之人為知己也。〔註55〕然其出遊，未曾一日去姬妾，且皆能歌善舞，若遇氣味不投之人，遂被目以齷齪，貽諸士林不齒之列。輕則如劉廷璣《在園雜志》卷一所載：

> 李笠翁漁，一代詞客也。……但所至攜紅牙一部，盡選秦女吳娃，未免放誕風流，昔寓京師，顏其旅館之額曰：「賤者居」，有好事者戲言其對門曰：「良者居」。蓋笠翁所題，本自謙，而謔者則譏所攜也。

又如董含《蓴鄉贅筆》所斥：〔註56〕

> 李漁者，自號笠翁，居西子湖，性齷齪，善逢迎，邀遊縉紳間，喜作詞曲及小說，備極淫褻，常挾小妓三四人，遇貴遊子弟，便令隔簾度曲，或使之捧觴行酒，并縱談房中術，誘賺重價，其行甚穢，真士林所不齒者，予曾一遇，後遂避之。

後世更以其廣納清臣，不拒二臣，遂鄙其人格，今見其交游面目，除士宦多具文才，名人逸士亦頗不乏其人，則笠翁雖非高風亮節之士，亦當非猥瑣之徒矣。究其最難容於世人者，無非多涉劇藝，一味優伶俳語之淺白通俗；而見納當世，享名於公卿大夫，婦人孺子間者，此又其因一也。戲劇於當日地位之尷尬與興盛可知一二矣。

五、營生之道

笠翁家本富饒，園亭羅綺甲於邑內。自稱一生最好之「園亭、戲曲」〔註57〕恐萌於幼時。早歲亦曾入泮，性頗聰穎，童子試中，以五經見拔於主試許豸，笠翁尊為識己之第一人。〔註58〕嗣後，屢試不第。

龔芝麓大宗伯〉。

〔註54〕見卷三〈與陳學山少宰〉。
〔註55〕見卷三〈再寄丁泰巖方伯〉：「士重知己，甚于感恩，此之謂也。」卷五〈登樓〉：「天涯知己在，不獨為黃金。」
〔註56〕袁于令《娜如山房說尤》卷下云：「李漁性齷齪，善逢迎，遊縉紳間，喜作詞曲小說，極淫褻。常挾小妓三四人，子弟過遊，便隔簾度曲，或使之捧觴行酒，並縱談房中術，誘賺重價，其行甚穢，真士林所不齒者也。予曾一遇，後遂避之。」與董含所載但一二句不同。
〔註57〕《閒情偶寄》〈居室部房舍第一〉：「予嘗謂人曰：生平有兩絕技，自不能用，而人亦不能用之，殊可惜也。人間絕技維何。予曰：一則辨審音樂，一則置造園亭。」
〔註58〕見卷二〈春及堂詩跋〉。

明覆之前，笠翁已勤於著述，或已頗見文名，並與地方仕宦有所交往，〔註59〕謫守婺州之明宗室朱梅溪即其一也。以屢試未第，闖賊肆虐，天下騷動，浙江一帶，時生警兆，笠翁亦漸淡功名之心，來往於蘭谿鄉下及婺城之間。崇禎十五年壬午（西元1642年），家道漸衰，次年，金華遭許都兵變。笠翁歷此亂，幸得全身。旋平復，笠翁則亂後家燼，暫入婺州許檄彩司馬幕下，居金華府同知署二年。及清兵入金華，笠翁薙髮而返蘭谿鄉下，度其「山中宰相」貧而悠閒之歲月。戰亂流離中，其著述遂較前為儉。〔註60〕兵燹之後，凶災繼起，山中耕食已不敷出，故賣其伊山別業，於順治五年戊子（西元1648年），移家於人文薈萃之杭州。

居杭期間，遂操筆耕硯田賣賦糊口之計，所鬻涵括詩、賦、古文、詞、戲曲、小說，今見其全集所蒐，可謂各體皆備。世人以之與李卓吾、陳仲醇鼎立而三，大約笠翁所著諧俗，廣受歡迎，上達公卿大夫，下及婦人孺子，皆有知其名者。〔註61〕笠翁文名雖盛，家累實重。以生計所迫，且為就近解決市井書賈翻刻事宜，〔註62〕居杭十年後，笠翁又於順治十四年丁酉（西元1657年）遷居金陵。

笠翁於著述、創作之外，猶有編選、評閱之屬。蓋其文名既盛，交遊又廣，選材來源自易，〔註63〕且坊人趨利，聞有笠翁之名，即百般謀求。甚如笠翁自訂非賣之詩韻，〔註64〕亦使詐獲之。笠翁亦諳此理，遂不乏應市之作矣。

遷居金陵期間，笠翁子女頻添，加以索苛見著之「營債」〔註65〕纏身，生計日艱。遂倚文名，鬻文之餘，更添清客行徑，來往宦門，捉刀代筆藉仕宦之筆潤饋儀，以養家小。笠翁此境，並不自諱，在一家言中時見陳述：

> 不借營債，究竟不知借債之苦……客歲以播遷之故，貸武人一二百金，追呼之虐，過羅剎百倍，……此番出遊，只求償盡擊，逋免登鬼簿，無他願也。來翰云，彼以我為避債去，孰知正為償債去乎。（卷

〔註59〕見卷一〈朱梅溪先生小像題咏序〉。卷三〈與陳學山少宰〉：「自乳髮未燥，即遊大人之門」。卷四「金華寶婺觀序」。

〔註60〕見卷五〈丁亥守歲〉詩。

〔註61〕見包璿「李先生一家言全集敘」。

〔註62〕見卷三〈與趙聲伯文學〉。

〔註63〕見卷三〈與吳梅村太史〉求其尺牘新篇。

〔註64〕見卷一〈詩韻自序〉。

〔註65〕營債係戍弁以重利放貸於百姓之債，貸者往往妻女不保。《康熙杭州府志》卷三十七載之甚詳。

三〈復王左車〉）

漁無半畝之田，而有數十口之家，硯田筆耒止靠一人，一人徂東則東向以待，一人徂西則西向以待。（卷三〈復柯岸初掌科〉）

今歲托缽於楚，凡數閱月，爲飢驅而來者，復爲飢驅而去。（卷三〈與紀伯紫〉）

笠翁出遊、未嘗一日不挾姬妾，其姬妾頗習絲竹，擅於歌板，則笠翁塡詞，女樂登場，亦爲遊宦門之一技也。頗得纏頭之資，其事可見笠翁自云：

莫作人間韻事誇，立錐無地始浮家；製成小曲慚巴里，折得微紅異舜華；檀板接來隨按譜，豔粧法去即漚麻；當筵枉拜纏頭賜，難使飛蓬綴六珈。（卷六〈次韻和妻鏡湖使君顧曲二首其一〉）

盡怪飢驅似飽騰，紛紛兒女共車乘；須知我作浮家客，欲免人呼行腳僧；歲儉移民常就食，力衰呼侶伴擔簦；他時絕粒畏途上，縱死還疑拔宅昇。（卷六〈予攜婦女出遊有笑其失計者詩以解嘲〉）

客居金陵二十年間，笠翁四出游幕，舉凡秦、楚、閩、豫、江之東西、山之左右、西陲乃至絕塞，嶺南而達天表，遊歷遍天下，見聞堪稱廣博。〔註66〕

笠翁游幕，既由飢驅，其行徑、心境自不同於閒遊山水，時有兢兢之色：

浪遊天下幾二十年，未嘗敢盡一人之歡。每至一方，必先量其他之所入，足供旅人之所出，又可分餘惠以及妻孥，斯無內顧而可久，不則入少出多，勢必沿門告貸。務盡主人之歡，則有口則留之，心則速之使去者矣。……士至爲人所畏而始去，則其爲交也，不絕自絕，此後尚有餘地乎？漁二十年間……皆未取厭倦于人者，遵此道耳。（卷二〈復柯岸初掌科〉）

上交容易竭人歡，務使臨別還如相見始。（卷五〈柯岸初給諫以長歌送行有屢束留君不能止之句依韻和之〉）

有因時遇而慨嘆者：

童心那解悲時序，霜鬢難教負歲華；卻飽童孥因作客，爲家何必更思家。（卷六〈清明日海陵道中〉）

莫戀他邦好，時聽旅鴈聲。（卷五〈立夏前一天餞人〉）

〔註66〕見卷二〈復柯岸初掌科〉。〈兩宴吳興郡齋記〉。《閒情偶寄》卷十二〈飲饌部肉食第三零星水族〉條下。

十日有三聞歎息，一生多半在車船；同人不恤飢驅苦，誤作游仙樂事傳。(卷六〈和諸友稱觴悉次來韻〉)

熟識離家苦，經年事遠遊，祇緣貧作祟，致與藥為讐。(卷五〈江行阻風四首之一〉)

有迫求援手窘態頗露者：

日來東奔西馳，絕無善狀，不得已而思及天上故人。然所望于故人者，絕不在綈袍二字，以朝野共推第一，文行合擅無雙之合肥先生，欲手援一士，俾免飢寒，不過吐雞舌香數口，向人說項便足了其生平，況此手援之一士，又為人所欲見，不甚棄之如遺者哉。(卷三〈與龔芝麓大宗伯〉)

其偶逢知己，輒喜不自勝：

將有事于太原，以太原主人周計百，係弟實實文章知己，非寄耳目于人者，其致弟一書，文與情俱堪不朽，附錄一通寄覽，以文章徵遇合，或不致困頓如前也。(卷三〈與紀伯紫〉)

以可親可近而無可厭倦之人飢死牖下，我不乞憐于人，而人亦卒無憐之者。是笠翁之可憫，又不止才技兩端而已也。嗟乎，笠翁但不死耳，如其既死必有憐才歎息之人，以生不同時為恨者，此等知己，吾能必之于他年求之，此日正不易得。昨見惠我之書，有努力加飡，為才自愛二語，不覺感恩流涕，故不避疎狂，放言至此。(卷三〈與陳學山少宰〉)

是笠翁自憫自歎，干求乞資，諸狀畢露矣。而其所求，擇人易言，或但乞一伸援手，〔註67〕或「絕不在綈袍二字」者，〔註68〕則笠翁為饞所驅，形成之巧於入世，精於人情之世俗化，又難為後世不虞之士所諒矣。

　　笠翁性善工巧，大凡器玩居室制度，莫不時出新意，箋簡之製，居其一也。亦其著述賣文之外，求為生計之別途也。大約其箋簡精巧不俗，好者頗眾，不惟在金陵承恩寺中，有「芥子園名箋」五字署門之專售處，〔註69〕笠翁出遊亦嘗携以為贄：

箋東之制，日來愈繁，以敞友攜帶為艱，不敢多附，每種一幅，乞傳

〔註67〕見卷三〈與諸暨明府劉夢錫〉。
〔註68〕見卷三〈與龔芝麓大宗伯〉。
〔註69〕見《閒情偶寄》〈器玩部箋簡則〉下注語。

示諸公，以博轟然一笑。弟入都門，則將載此為贄。（卷三〈與紀伯紫〉）

筆耕維生，賣文糊口，乃笠翁營生之主源，書賈盜印翻板遂為其切身之害，為止，笠翁曾移家金陵以便就近處理，更撰文力護其權益：

是集（指閒情偶寄器玩部）所載諸新式，聽人效而行之，惟箋帖之體裁，則令奚奴自製自售，以代筆耕，不許他人翻梓，已經傳札布告，誡之於初矣。倘仍有壟斷之豪，或照式刊行，或增減一二，或稍變其形，即以他人之功，冒為己有，食其利而抹煞其名者，此即中山狼之流亞也。當隨所在之官司而控告焉。伏望主持公道，至於倚富恃強，翻刻湖上笠翁之書者，大海以內，不知凡幾，我耕彼食，情何以堪。誓當決一死戰，布告當事，即以是集為先聲。總之天地生人，各賦以心，即宜各生其智，我未嘗塞彼心胸，使之勿生智巧，彼焉能奪吾生計，使不得自食其力哉。（《閒情偶寄》〈器玩部　箋簡則後之附跋〉）

笠翁營生之苦辛，憑智巧自立之自得，躍然可見矣。

六、笠翁簡譜

有關笠翁生平，整理較詳者，有孫楷第〈李笠翁與十二樓〉、鄧綏甯〈李漁生平及其著述〉及黃麗貞《李漁研究》，要皆根據笠翁《一家言全集》、《十種曲》、《十二樓》等作品及前人之零星記載，若《光緒蘭谿縣志》卷五〈文學門李漁傳〉、李桓《國朝耆獻類徵》四百二十六王廷詔撰傳文、黃文晹《曲海總目提要》卷二十一「一種情」傳奇下簡介、清康熙間劉廷璣《在園雜志》卷一、清人袁于令《娜如山房說尤》卷下、董含《蓴鄉贅筆》卷四及《花朝生筆記》所敘（轉自蔣瑞藻《小說考證》卷六〈奈何天〉第一百一所引）。以所見不同，孫、鄧、黃三氏頗有異者。今按笠翁著作，及上述資料，條列其生平、遊蹤、家人及子女生年。佐以方志，例如據《光緒金華縣志》、《東城志略》，以測笠翁當日處境，推其動向。又酌採三氏之論，若黃氏辨喬王二姬合傳載喬姬致病及適楚年代，乃笠翁誤記，遂訂康熙十年（辛亥）致病，十一年（壬子）適楚（詳見《李漁研究》頁 41，注 157、159）；主笠翁入都二次：一在康熙五年丙午（西元 1666 年），一在康熙十二年癸丑（西元 1678 年）（詳見《李漁研究》頁 3～4）。而笠翁作品有未及見者，亦取近人所考，如馬漢茂所訂「肉蒲團」撰年。

明萬曆三十九年辛亥（西元 1611 年） 一歲

八月初一，李漁生於雉皋（江蘇如皋）卷三：〈與李雨商荊州太守書〉：「漁雖浙籍，生於雉皋。」其長兄葬於雉皋見卷六〈過雉皋憶先大兄詩序〉。。笠翁原隸浙江金華府蘭谿縣下李村人見《光緒蘭谿縣志》卷五〈文學門〉。。李氏自江蘇遷浙江之時，不詳。

天啟七年丁卯（西元 1627 年） 十七歲

家境頗優，高堂健在。參卷六：〈丁卯元日試筆詩〉，〈玉搔頭黃鶴山農序〉。

崇禎二年己巳（西元 1629 年） 十九歲

丁失怙憂有《四煞辯》。

崇禎六年癸未（西元 1633 年） 二十三歲

約於此時作《肉蒲團》。識交明宗室朱梅溪卷一〈朱梅溪先生小像題咏序〉。卷四〈金華寶婺觀序〉。卷六〈朱梅溪宗侯謫婺州〉。

崇禎八年乙亥（西元 1635 年） 二十五歲

至婺州赴童子試，以五經見拔於主試許多，補博士弟子員。卷二〈春及堂詩跋〉。卷三〈與許于王直指〉。《光緒蘭谿縣志》卷五〈文學門〉。

崇禎十一年戊寅（西元 1638 年） 二十七歲

八月有澱賊之亂，巡撫熊喬移駐金華，守備成兆譽追賊至石練，戰死；尋賊退。引自光緒金華縣志卷十四武備。

伊山別業約于此時完成，臨澱水。《聞過樓》，卷六〈伊山別業成寄同社〉五首，卷七〈伊園雜詠〉九首，卷三〈賣山券〉，卷十〈伊園十便〉，〈伊園十二宜〉。

崇禎十二年己卯（西元 1639 年） 二十九歲

值鄉試之年。見蕭一山《清代通史》（上）P596 載：明清兩代，每三年，即子、卯、午、酉年八月於省城行鄉試。笠翁于赴杭鄉試途中，遇大盜於蕭山縣虎爪山，幸免。參《閒情偶寄》卷十二〈飲饌部鱉魚條〉。

崇禎十三年庚辰（西元 1640 年） 三十歲

鄉試不第見卷八〈鳳凰臺上憶吹簫〉詞。

崇禎十五年壬午（西元 1642 年） 三十二歲

母逝。家漸貧。卷五〈壬午除夕〉詩。

崇禎十六年癸未（西元 1643 年） 三十三歲

十二月，東陽諸生許都反，進逼金華。東陽、義烏、浦江俱陷。參見《光緒金華縣志》卷十四〈武備〉。

崇禎十七年甲申 清順治元年（西元 1644 年） 三十四歲

三月初，巡按御史左光先平定許都之亂。

李自成稱帝西安，三月十五日陷北京，崇禎帝自縊煤山，吳三桂迎清軍入關，李自成敗走。張獻忠據成都稱大西國王；明福王由崧即位南京；史可法督師江北，清人入都北京。

時局大亂，官兵流寇迭至，橫兵江南，漁疲於逃難。卷五〈甲申紀亂〉、〈甲申避亂〉。亂後無家，依婺州司馬許檄彩，居金華府同知署中二年。卷二〈許青浮像贊小序〉。卷六〈亂後無家暫入許司馬幕詩〉。

清順治二年乙酉 明福王弘光元年，唐王隆武元年（西元 1645 年） 三十五歲

四月二十五日，清兵陷揚州，史可法殉國。五月，南京失陷，馬士英率黔兵退杭州。清室下薙髮易服嚴令。

南明唐、魯王欲分屬浙閩，兵部尚書總督上江軍務朱大典以閩浙相鄰，分則脣亡齒寒，俱無所恃，遂馳疏辭唐而據守金華城。六月，總兵方國安與朱大典有隙，回兵至婺，圍攻匝月，殺掠甚慘，至閏六月二十五日方解。參見光緒金華縣志卷十四武備兵燹。

初，尙與許孩如遊浦江縣華山、五路嶺、太陽嶺等地。卷二〈黑山記〉、卷六〈同許孩如登仙華絕頂〉詩，卷五〈過五路嶺〉、〈過太陽嶺〉詩。，結識丁澎（藥園）見丁藥園李漁詩集序。五月以後，各鎮潰軍肆擾浙東，漁備嘗戰亂，避兵走鄉間。卷五〈避兵行〉、〈乙酉除夕〉。十月，許檄彩買曹氏女贈漁。見卷七〈賢內吟十首序〉及〈納妾詩三首序〉。

順治三年丙戌 明唐王隆武二年、魯王監國元年（西元 1646 年） 三十六歲

正月，清貝勒博洛率師征閩。三月，兵臨錢塘。四月，寧波、金華、衢州相繼為清人所下。

方國安阮大鋮既降，請破金華以自效，城內外互以礮轟二十餘日，城終破。參見《光緒金華縣志》卷十四〈武備兵燹〉。

金華城潰，笠翁曾返城，戰後慘狀不忍卒睹。卷五〈婺城行〉、〈婺城亂後感懷〉卷六
〈弔書詩〉四首。時居蘭谿伊山別業，且已薙髮，度其「貧而閒」之「山中宰相」
歲月。卷五〈丙戌除夜〉詩。〈聞過樓〉。

順治四年丁亥（西元 1647 年） 三十七歲

在蘭谿，兵燹後凶災，貧不能持，賣其伊山別業見卷三〈賣山券〉。災兵相侵，
薙髮亡國，戰亂流離，致少著述，頗自感慨。卷五〈丁亥守歲〉詩。蓋笠翁著述
頗早，總角詩作，曾刻成冊，曰《齠齡》，已災諸兵火，今僅存數首而已。

卷四〈金華寶婺觀聯序〉。卷五〈續刻梧桐詩序〉。卷六〈朱梅溪宗侯謫婺州序〉。

順治五年戊子（西元 1648 年） 三十八歲

移家杭州，居西子湖濱達十年。見卷二〈丁藥園李笠翁詩集序〉。〈沈亮臣像贊〉。《閒情偶寄》
卷八〈居室部牕欄取景在借條〉云。

順治八年辛卯（西元 1651 年） 四十一歲

夏，遊浙江東安（又名新城縣，今浙江省新登縣東）賢明山、黑山。卷一〈覓
榮賦〉。卷二〈黑山記〉。〈東安賽神記〉。生活艱困。卷五〈辛卯元旦〉。

順治十二年乙未（西元 1655 年） 四十五歲

詩、賦、古文、詞，莫不優贍，下筆千言，文思敏捷，早負盛名，人皆樂與
交。笠翁以賣文餬口。冬，作傳奇《玉搔頭》。見《玉搔頭》黃鶴山農序。

順治十四年丁酉（西元 1657 年） 四十七歲

遷居金陵。見卷三〈與趙聲伯文學書〉，卷上〈都門故人述舊狀書〉。

順治十五年戊戌（西元 1658 年） 四十八歲

仲春，黃鶴山農爲《玉搔頭》傳奇撰序。可能梓板於本年。見〈玉搔頭序〉。中
秋，鍾離濬水爲撰〈覺世名言十二樓序〉。

順治十六年己亥（西元 1659） 四十九歲

鄭成功由崇明入長江，抵金陵，張煌言別取徽寧諸路東南大震。遭梁化鳳敗，
退還廈門。

順治十七年庚子（西元 1660 年） 五十歲

出版《覺世名言十二樓》。鬻文之外，猶操田事維生。見卷六〈五十初度答賀客〉
詩。《聞過樓》。得長子將陶。見卷六〈庚子舉第一男、時予五十初度〉詩。卷六〈花間偶興〉詩。

卷七〈五十生男自題小像志喜二絕〉。

順治十八年辛丑（西元 1661 年）　五十一歲

得次子將開（信斯）。范正、盧遠心適過訪，試啼而去。見卷六辛丑舉第二男詩及序。至浙江桐盧縣嚴陵，八月二十八日，與周雲山將軍宴，經遊嚴陵西湖。見卷二〈嚴陵西湘記〉。閏秋，山陰映然女子王端淑為題《比目魚》傳奇序。

康熙元年壬寅（西元 1662 年）　五十二歲

舉三子將榮，隔月得四子將華（莊南），家累日重。見卷六〈壬寅舉第三子復舉第四子〉。

康熙二年癸卯（西元 1663 年）　五十三歲

著書為食力之資。見卷六〈癸卯元日詩〉。《資治新書》出版。

康熙三年甲辰（西元 1664 年）　五十四歲

三月，「史論」脫稿。江南過客王仕雲為譔敘文：「笠翁別集序」。笠翁全集九、十兩卷，命曰「笠翁別集」。

康熙四年乙巳（西元 1665 年）　五十五歲

迫於生計，再去廣陵（江蘇江都）。見卷三〈訂友同赴廣陵〉與王士禎（阮亭）、杜濬（于皇）、孫枝蔚（豹人）等聚。見卷三〈復王阮亭司李書〉，卷八〈天仙子詞〉，題為「壽王阮亭使君詞，廣陵節推。杜濬為「凰求鳳」傳奇序，該劇或已脫稿。此行無所獲。見卷五〈廣陵歸日示諸兒女詩〉。冬，冒雪而歸。見《閒情偶寄》卷十四〈種植部草木水仙條〉。

康熙五年丙午（西元 1666 年）　五十六歲

首次入都門。見卷八〈帝臺春詠〉。自燕京携姬入秦，應陝西巡撫賈復漢（膠侯）招請。入秦後事，及有關喬王二姬之事，具見卷二〈喬復生、王再來二姬合傳〉。經真定（河北正定縣）見卷一〈真定梨賦〉。、平定州（山西平定縣）見燕京葡萄賦。、於平陽（山西臨汾），河東道范印心（正）留其小住，平陽太守程先達（質夫）贈喬姬，年甫十三，以晉人，名曰晉姊，擅歌唱。笠翁目為己之雪兒。見卷二〈夢飲黃鶴樓記〉：「喬即予之雪兒。」至陝西長安，巡撫夏復漢待之頗厚，見卷三〈寄謝賈膠侯大中丞書〉。凡四閱月。延請流寓當地蘇州老伶授戲晉姊。

康熙六年丁未（西元 1667 年）　五十七歲

在陝西長安。咸寧縣丞郭傳芳（九芝）為題《慎鸞交》傳奇序。郭頗贊其《資治新書》見地。見〈慎鸞交傳奇序〉。又應甘肅巡撫劉斗（耀薇）之請，轉蘭州（甘

蕭皋蘭），停一月。見卷三寄賈膠侯大中丞。地主購贈小姬數人，中有王姬，以蘭州產，呼爲蘭姊。後亦習藝，與喬姬相伯仲，後喬姬亦夭，追思之名再來。再至甘泉（陝西甘泉縣），就提督張勇（飛熊）請。見卷六〈贈張大將軍飛熊詩序〉。〈甘泉道中即事一首〉。飛熊以賓客禮待，見卷三〈寄劉耀薇大中丞書〉。以飲食過度，曾病見卷六〈答張大將軍飛熊問病詩〉。秋，走涇陽，欲回金陵。見卷三〈謝賈膠侯大中丞書〉。此行收穫豐厚，見卷五〈秦遊家報〉。但阻雪彭城（江蘇銅山），紀子湘，李申玉遂留其於彭城度歲。見卷六〈舟次彭城冰雪交阻紀子湘司馬李申玉廣文相留度歲詩〉。

康熙七年戊申（西元 1668 年） 五十八歲

元旦，值李申玉妻之壽辰，漁令家姬演劇，並撰壽聯爲賀。見卷四〈李申玉閨君壽聯〉。春，返金陵。以所得償債，一散無遺。見卷五〈秦游頗壯歸後僅償積逋一散無遺感而賦此詩〉。標道人爲《巧團圓》傳奇作序。據紀子湘所提供於杭州推官任內平反大獄數十件之案稿所編《求生錄》，約在此年之後應世。見卷一〈求生錄序〉。不久，又往廣東，由長江，經安徽蕪湖，至江西鄱陽湖，溯贛江（贛江之支流章水一名西江）南下，至臨江府（江西清江縣）。值施愚山滯臨江，見卷五賣船行。再南，過贛江十八灘，見卷五〈前過十八灘行〉。至虔州（江西贛縣），見卷三〈粵游家報之三〉。越大庾嶺入粵，經南雄縣，見卷六〈度庾嶺詩之二〉。卷五〈宿南雄蕭寺詩〉。至廣州。見卷五〈粵東家報詩〉，卷六〈粵中即事詩〉，卷五〈儋州行〉。

康熙八年己酉（西元 1669 年） 五十九歲

循原路回金陵：沿贛江北上。見卷五〈後過十八灘行〉。經鄱陽湖，大、小孤山，入長江，過彭澤（江西彭澤），見卷八〈浪淘沙詞〉。順風至鳩茲港（安徽蕪湖東四十里），又數日抵金陵。見卷三粵游家報之五。此行收穫不佳。見卷五〈粵歸寄內詩〉。初夏，龔鼎孳（芝麓）爲題芥子園碑文額，見《閒情偶寄》卷四〈聯匾〉：「己酉初夏，爲笠翁道兄書芥子園」之碑文額。則芥子園當落成於此時。芥子園者，蓋狀其微爲芥子，取「芥子納須彌」之義也。見卷四〈芥子園雜聯序〉。地與西晉周處讀書臺相鄰，讀書臺址在金陵府城東南。見〈東城志略〉。芥子園去明復社名士紀伯紫故居不數武。見卷六〈寄紀伯紫詩序〉。〈東城志略〉。

康熙九年庚戌（西元 1670 年） 六十歲

經杭州，見卷五〈與杭人談粵中山水詩〉。回金華蘭谿，見卷六〈贈蘭谿令楊（玉衡）父母〉。卷五〈二十年不返故鄉詩〉。見老友金孟英，已白首相對矣。見卷六重過婺城別金孟英老友。又游開化（浙江開化），常山（浙江常山），見卷七〈自常山抵開化道中即事〉。〈自開化

抵常山舟中即事等詩）。**經仙霞嶺入福建**。見卷四〈仙霞嶺關帝廟聯〉。五顯嶺廟聯序，包璿〈李先生一家言全集序〉。卷五〈閩中食鮮荔枝詩〉。卷一〈福橘賦荔枝賦〉。**與老友山陰包璿（治山）相逢，時有文字贈答**。見包璿「李先生一家言全集序」。**漁在閩度六十壽辰**，見卷六六裵自壽詩四首。璿於誕日為「李先生一家言全集序」誌壽，見於《笠翁一家言全集》首篇。時全書尚未定稿。福建巡海道陳啓泰（大來）與漁交厚。見卷一〈祭福建靖難巡海道陳大來先生文〉。**此行收穫尚豐**。見卷三〈與龔芝麓大宗伯書〉。

康熙十年辛亥（西元 1671 年）　六十一歲

初夏，自金陵經燕子磯（南京觀音山上），抵京口（江蘇鎮江），往姑蘇。見卷四〈燕子磯阻風偶書亭棟聯序卷七召仙詩序〉。與尤侗（展成）、余懷（澹心）、宋澹仙遊，端陽前後，屢於漁姑蘇百花巷中寓所觀其家姬演劇。見卷七〈端陽前五日尤展成、余澹心、宋澹仙諸子集姑蘇寓中觀小鬟演劇詩〉。卷八〈二郎神慢詞〉「和尤悔庵觀家姬演劇次原韻，時寓姑蘇之百花巷。」卷七〈端陽後七日諸君重集寓齋備觀新劇，澹心又叠前韻詩〉。廣文書局影本翼聖堂前附尤侗〈閒情偶寄序〉。尤侗示《鈞天樂》傳奇與漁，二人頗相觀摩。見卷三〈復尤展成五札〉。漁且應江南布政司佟壽民之請，為江南試士貢院大門、儀門、至公堂、明遠樓、龍門等，各題一聯。見卷四諸聯。八月，余懷為撰〈閒情偶寄序〉。見卷三〈與余澹心五札之五〉。時笠翁〈閒情偶寄〉當已完稿。笠翁遊長江之東，崑山、太倉二地（均在江蘇吳縣東），或在此年以前。曾遊太倉之吳偉業（駿公）梅村別業。見卷六〈梅村序〉：「吳駿公太史別業」，卷八〈鶯啼序詞〉「吳梅村太史園內看花」。笠翁曾與梅村酬應。見卷八滿庭芳十餘詞吳梅村太史席上作。「梅村家藏稿」卷十六，亦見〈贈武林李笠翁〉詩。十月，已返金陵，將其蒐集時人駢文佳作交壻沈因伯（心友）編彙「新四六初徵」，以芥子園名義出版，有許自俊、吳國俊二人序。冬，喬姬產一女，以不善養致疾，諱不欲人知。見卷二〈喬復生王再來二姬合傳〉。十二月，遣僕入京，分贈新刻之「閒情偶寄」與龔鼎孳、陳學山等人。見卷三〈與龔芝麓大宗伯〉。〈與陳學山少宰〉。

康熙十一年壬子（西元 1671 年）　六十二歲

正月，携姬自金陵往漢陽（今湖北漢陽縣），一路備受疾風怒濤，淒風苦雨之逆境，至九江，歷二十三日。見卷五〈江行阻風四首〉。獲九江郡守江念鞠贈金，且為免關吏誅求之苦。見卷五〈贈九江郡伯江念鞠〉。〈謝江郡守分俸贈舟兼免關吏誅求之苦〉。過漢口，見卷五〈夜泊漢口次日示鄰舫諸客〉。抵漢陽，見卷五〈抵漢陽十日目疾未癒不獲即登黃鶴樓詩〉。卷七〈新正自秣陵鼓棹，梅已盛開，歷一月而抵漢陽〉。後住武昌，見卷二〈夢飲黃鶴

樓記〉。曾逢同鄉何鳴九，見卷六〈補祝何鳴九初度序〉。三月轉荊州（江陵），見卷七〈堵天柱、熊荀叔、熊元獻、李仁熟四君子携酒過寓觀小鬟演劇詩之四〉。〈寄懷荊南王鳴石憲副詩之一〉。荊門（荊門縣），見卷六〈次韻熊元獻寄懷詩序〉。桃源，見卷七〈舟次桃源戲作詩〉。再回漢陽。見卷六〈再至漢陽喜周伯衡憲副未去詩〉。遊楚一年，卷六〈別漢上諸同人歸白門〉。〈別熊元獻歸白門並謝一載居停之誼〉。與川湖總督蔡毓榮（人庵）、湖北巡撫董國興（會徵）、布政使張九如、提刑按察司高欽如、副總兵王鳴石、參戎王茂衍、觀察使婁君蕃、漢陽太守紀元（子湘）、荊州太守李雨商、荊州府同知張登舉（秀升）、縣令唐松交（伯禎）等名宦賢豪往來，見卷二〈夢飲黃鶴樓記〉。卷六〈贈荊州李雨商太守詩〉。卷六〈寄懷荊州張秀升司馬〉。卷四〈晴川閣詩序〉。卷七〈王子夏日陪董大中丞會徵……隔水較射絕句十首序及詩〉。卷六〈吳平興招集園亭偕周伯衡觀察紀子湘郡伯觀梅時予病目初癒未及終席而返詩〉。也與當地名士詩人堵天柱、熊荀叔、熊元獻、李仁熟相和，見卷七〈堵天柱、熊荀叔、熊元獻、李仁熟四君子携酒過寓觀小鬟演劇。元獻贈詩四絕倚韻和之〉。和吳修蟾、吳平興、徐東來、周伯衡等初識。見卷七〈束吳修蟾〉。卷六〈吳平興招集園亭〉。〈贈徐東來〉。〈再至漢陽喜周伯衡憲副未去〉。秋，識名詩人顧景星（赤方），見卷三〈答赤方書〉。卷七〈次韻和顧赤方見贈三首〉。顧欲聽曲，喬已病沈不能歌。見卷七〈次韻和顧赤方見贈之三〉。卷二〈喬復生王再來二姬合傳〉。八月七日，笠翁自作「一家言釋義」即「自序」。今見全集包璿序後。其「一家言」或在旅中編輯。見序六〈斷腸詩二十首其中六首之序〉。獲京中諸友：禮部尚書龔芝麓、吏部侍郎陳學山、芝麓門客紀伯紫等之回函，語多鼓勵贊揚、漁一一覆之，並擬應山西太原太守周計百之邀，入晉轉燕，祈得故人資助稍釋家累。見卷三〈與龔芝麓大宗伯〉。〈與陳學山少宰〉。〈與紀紫〉。卷七〈大宗伯龔芝麓書來有將購市隱園與予結隣之約詩四首〉。此行未果，或以喬姬不治有關。見卷二〈喬復生王再來二姬合傳〉。卷六〈斷腸詩二十首。〉卷二〈夢飲黃鶴樓記〉：「喬即予之雪兒，能歌善舞、歿于漢陽」。取道長江，運喬姬柩返金陵，見卷六〈斷腸詩之六〉。卷八〈踏莎行詞〉。又經九江。見卷五〈陶白二公祠序〉。卷六〈重過江州悼亡姬呈江念鞠太守〉。

康熙十二年癸丑（西元 1673 年）　六十三歲

夏，又掛帆北上入都，見卷一〈詩韻自序〉。卷七〈舟中題王安節畫冊八首序〉。隨行有王姬、黃姬，王姬腹脹，誤以為娠，見卷六〈後斷腸詩十首序〉。黃姬時有孕。見卷六〈南歸道上生兒自賀二首序〉。〈後斷腸詩序〉。坊人餌兒輩，刻印笠翁《詩韻》，漁自京返，版已垂成。見卷一詩韻自序。在京，住所鬱熱，中暑抱病，又得家報，獲六子將芳（漱六）。見卷三〈與林安國札之三〉。《閒情偶寄》戒諷刺則下：「今且五其男，二其女。」來京欲倚之龔芝麓遽卒，且身後蕭條。見卷五〈六大宗伯龔芝麓先生輓歌〉。居京數月，

覺京官亦不裕，以累人不淺，啓回鄉之思。見卷三〈復柯岸初掌科書〉。及附錄〈柯岸初來書〉。索愚庵相國力挽，資李漁。見卷三〈又與岸初掌科書〉。卷四〈贈索愚菴相國聯〉。遂留京度歲。一家言初集出版。與韓子蘧、李坦園等酬酢。見卷四〈贈李坦國二聯序〉。卷六〈別韓子蘧十五年忽遇于何紫雯使君席上次日過訪袖出即君詩文屬選，賦以贈之〉。

康熙十三年甲寅（西元 1674 年）　六十四歲

年初，王姬病故，年十九。見卷二〈喬復生王再來二姬合傳〉。卷六〈後斷腸詩十首序〉。漁意日姍，束裝賦歸。南歸途中，黃姬產子將蟠，次日仍行南下，見卷六〈南歸道上生兒自賀詩序〉。一閱月，到家。見卷七〈寒食後一日歸自燕京詩〉。三月，閩藩耿精忠響應吳三桂叛清，陷全閩，江浙騷然。見卷二〈朱子修齡倡義鳩資贖難民妻女紀略〉。夏，漁訪友經鳩茲（浙江吳興），見卷二〈曹細君方氏傳贊序〉。至杭州，見卷六〈贈皋憲郭生洲先生詩序〉。時當路諸公：浙江總督李之芳（鄴園）、浙江巡撫陳秉直（司貞）、浙江按察使郭之培（生洲）、錢塘縣令梁允植（承篤，又號冶湄），不外漁之舊交新識。三藩亂起，軍馬齊集。見卷五〈軍興三異歌〉。卷六〈贈皋憲郭生洲及贈梁冶湄明府詩〉。秋，在杭時與好友丁澎（藥園）相聚，見卷六〈贈丁藥園儀部詩〉。浙江有爭戰，李漁遂於中秋日乘舟北返，見卷六〈中秋前一夕飲張來遠蕈秋堂詩及序〉。於兵亂中至金陵。見卷七〈甲寅到家口號〉。

康熙十四年乙卯（西元 1675 年）　六十五歲

夏，送兩兒之浙入泮。見卷七〈嚴陵紀事詩序〉。卷三〈上都門故人述舊狀書〉。又至嚴陵（浙江桐廬），寓何書公使君園亭，當地仕宦頗相招待。見卷七〈嚴陵紀事詩八首〉。卷一〈兩浙撫軍陳司貞先生壽序〉。閩事未定，聞福建巡海道陳大來凶耗。見卷一〈祭福建靖難巡海道陳大來先生文〉。離鄉日久，萌首丘之念。見卷三〈上都門故人述舊狀書〉。卷一〈歸故鄉賦〉。

康熙十五年丙辰（西元 1676 年）　六十六歲

大將軍和碩、康親王大兵進福建，耿精忠降。見程光短編《李文襄公（之芳）年譜》。得浙中當道之助，於杭買山，決策移家，自夏至冬，卜居、營建、理兒女婚嫁。見卷三〈上都門故人述舊狀書〉。冬，八閩大定。見卷一〈祭福建靖難巡海道陳大來先生文〉。

康熙十六年丁巳（西元 1677 年）　六十七歲

廣東尚逆始平。春，自金陵移家杭州西湖，園名「層園」。見卷一〈今又園詩集序〉。卷二〈耐病解〉。卷六〈次韻和張壺陽觀察題層園十首序〉。金陵芥子園別業出讓。衣服首飾，著作刻板盡售而遷。抵杭數日，又臥病不起，不得操管。夏初，以摔交受傷

幾瀕于死。仲夏小瘉，送子就試婺州，又以冒暑受傷，自是痢、瘧並加，嗽喘亦發，生計更艱，仲春至季秋，凡八閱月。見卷三〈上都門故人述舊狀書〉。卷二〈耐病解〉。九月，病癒，爲饑所驅，與壻沈因伯同往吳興郡（浙江吳興縣），見卷一〈不登高賦〉。卷五〈阿倩沈因伯四十初度，時伴予客苕川（即吳興）詩〉。卷二〈耐病解〉。太守胡瑾待之甚厚，見卷二〈兩宴吳興郡齋記〉。卷五〈吳興太守歌〉。卷三〈與孫宇台毛穉黃二好友〉。又有吳興郡司馬于琨（勝斯）、典籍顧貞觀（梁汾）、烏程縣令高鳳翥、歸安縣令何紫雯等交往酬酢。見卷六〈贈吳興郡司馬于勝斯〉。卷五〈丁巳小春偕顧梁汾典籍高鳳翥邑侯集何紫雯使君署中聽新到梨園度曲〉。卷四〈烏程邑宰高鳳翥父母聯〉。〈歸安邑宰何紫雯父母聯〉。卷二〈耐病解〉。冬，與別駕余霽巖遊道場峴山二名勝。見卷六丁巳多日余霽巖使君拉遊道場、峴山二名勝詩。李漁妻徐氏似卒於此時。見卷三與于勝斯公祖書。與顧且菴侍御。

康熙十七年戊午（西元 1678 年）　六十八歲

春，始修建「層園」，面積頗廣，由麓至巔，凡幾十級。見卷六〈次韻和張壺陽觀察題層園十首序〉。〈芥子園畫傳序〉。仁和趙坦（寬夫）《保甓文齋》〈書李笠翁墓券後〉。生活稱適，見卷八〈風入松詞六首〉。序作頗多。有卷一〈祝陳大中丞太夫人壽序〉。〈香草亭傳奇序〉。〈送別駕許公漢昭擢即司馬序〉。及收於李漁全集前之〈耐歌詞自序〉。丁澎（藥園）爲序〈笠翁詩集序〉，該詩集今分入全集中卷五、卷六。

康熙十八年己未（西元 1679 年）　六十九歲

六月長至（夏至）後三日，笠翁於層園爲《芥子園畫傳》初集撰序。十一月初一，作〈千古奇聞序〉。序署「康熙己未仲多朔」。

康熙十九年庚申（西元 1680 年）　七十歲

笠翁或卒於去年歲杪，或逝世於本年初。

第二節　李漁之作品

笠翁一生以著述爲業，盛名流于當世。其著作眾多，範圍廣泛。除在戲曲、小說、詩、文、雜論方面多有撰著，此外尚有尺牘、詞作之編選，劇作之改寫，以至經其評閱、品鑑行世之小說、曲文、畫傳等。降及清世中葉，文字獄大興，多遭禁燬，繼以書賈牟利，割裂竄改，或流行海外。笠翁之作，若非毀亡，即散佚各地。思欲究其眞象，惟依前人解題，與近日漸出之零本、合集，加以考索。

其中，論笠翁著作之較富者，有孫楷弟之〈日本東京所見小說書目〉、〈大連圖書館所見小說書目〉、〈中國通俗小說書目〉、《李笠翁與十二樓》、〈李笠翁著無聲戲即連城璧解題〉，鄧綏甯之〈李漁生平及其著述〉。德人馬漢茂（Helmut Martin）《李笠翁論戲曲》（Li Li-weng über das Theater）論文，且述及笠翁作品傳譯異域之盛。今綜合前人所論，敘之于后，冀省紛繁：

一、創作部分

（一）一家言

笠翁一家言列在清代禁燬書目軍機處奏准全燬書目項下，〔註70〕其不見容當局，可以想見。今所知見之版本，存於美國者有：〔註71〕

笠翁一家言詩集八卷二集十二卷文集四卷別集四卷（六冊一函）清康熙間原刻本（九行二十字）

原題：「湖上笠翁李漁著，婿沈心友因伯，男將舒陶長全訂。」《禁書總目》載之，不著卷數；清史稿藝文志作十六卷。

自序	康熙十一年（西元 1672 年）	〔詩集〕
丁澎序	康熙十七年（西元 1678 年）	〔二集〕

藏於日本者：〔註72〕

書　名	冊　數	版　本	庋　藏　地　點
笠翁一家言全集十六卷	六冊	康熙刊（有缺）	尊經
笠翁一家言全集十六卷	十六冊	康熙十一年序	愛知
笠翁一家言全集十六卷	十六冊	清刊	靜嘉
笠翁一家言全集十六卷	十六冊	雍正八年序	京文
笠翁一家言全集十六卷	二十冊	雍正八年	京圖
笠翁一家言全集十六卷	十六冊	雍正八年序	大阪、愛知、廣島（有 2 部）

京都大學附屬圖書館所藏，今見於馬漢茂所輯《李漁全集》。題作「笠翁一家書全集」，包括：

〔註70〕見《清代禁燬書目四種》。
〔註71〕見《美國國會圖書館藏中國善本書目》，頁 1035。
〔註72〕見《日本現存清人文集》目錄，頁 299，西村元照編，東洋史研究會，1972年 3 月。

文集	卷一～卷四	
詩集	卷五～卷七	
餘集	卷八	前附窺詞管見（即耐歌詞）〕
別集	卷九～卷十	（即論古）
偶集	卷一～卷六	（即閒情偶寄）

署：「芥子園原本　本衙藏板」。九行二十字，10.5*18cm。首附：

包璿序	康熙九年（西元 1670 年）	〔李先生一家言全集敘〕
自序	康熙十一年（西元 1672 年）	〔題：一家言釋義〕
王仕雲敘	康熙三年（西元 1664 年）	〔別集〕
自序	康熙十七年（西元 1678 年）	〔餘集〕
丁澎序	康熙十七年（西元 1678 年）	〔別集〕
弁言	雍正八年（西元 1730 年）	

根據雍正八年弁言，笠翁作品中膾炙人口者，有《詩文之一家言》、《詩餘之耐歌詞》、《讀史之論古》、《閒情之偶寄》，皆各自成冊。此雍正年間之合集，自非一家言原貌。

笠翁〈一家言釋義〉（原注即自序）云：

> 一家言爲何？余生平所爲詩文及雜著也。

〈詩韻自序〉（卷一文集）：

> 詩文諸稿，不以集名而標其目曰一家言。

一家言所錄，乃詩文雜著。丁藥園序引笠翁語：

> 吾生平所著律詩歌行尚未盡傳於世者，子盍爲我序之以行。

則此序爲笠翁古今體詩而作，其首句卻書：

> 一家言者，李子笠翁之所著書。

該「律詩歌行」當亦入《一家言》編次。《詩文之一家言》內容約略如是。而笠翁喬王二姬合傳有言：

> 癸丑適楚，越夏徂秋，時余方輯一家言之初集未竟。

孫楷弟、鄧綏甯二氏，均引爲一家言不止一集之據。參以美國國會圖書館所藏善本書目所錄，二氏所訂：初集之外，另有二集，丁澎爲之作序。〔註73〕

〔註73〕孫氏引翼聖堂原本《閒情偶寄》封面之二行八小字廣告：「第二種一家言即出」爲一家言有二集之證據。據所見廣文書局之影翼聖堂本，此二行小字上有「笠

當可成立。雍正間合集本與康熙間原刻本行款相同，卷數及編排顯然較爲省略。則此康熙刻本當爲康熙年間李氏集合單行本一家言初集、二集所訂之合集，爲現存最近原貌者，而雍正間通行本殆爲書賈迎合供銷，仿其形制，離合其體，翻印而成乎？

今按《李漁全集》所輯一家言合集，列其詩文雜著律詩歌行目錄于后，以明笠翁著述一斑：

卷一：賦十四篇、序十四篇、壽序五篇、祭文三篇。

卷二：記九篇、傳四篇、贊二十二篇、辯二篇、露布一篇、疏二篇、券一篇、誓詞一篇、銘三篇、引三篇、跋二篇、文三篇、紀略三篇、解一篇。

卷三：書信百零九篇。

卷四：聯百七拾九幅。

卷五：五言古詩五十七首、七言古詩四十八首、五言律詩百四十首。

卷六：七言律詩二百三十三首。

卷七：五言絕句百七十八首、六言絕句十首、七言絕句二百七十三首。

名「一家言」者，笠翁自謂：

> 凡余所爲詩文雜著，未經繩墨，不中體裁，上不取法於古，中不求肖於今，下不覬傳於後，不過自爲一家，云所欲云而止，如候蟲宵犬，有觸即鳴，非有摹倣，希冀於其中也。摹倣則必求工，希冀之念一生，勢必千妍萬態，以求免於拙，竊慮工多拙少之後，盡喪其爲我矣。蟲之驚秋，犬之遇警，斯何時也，而能擇聲以發乎。如能擇聲以發，則可不吠不鳴矣。然是說也，止可釋余一家言，不可以之概天下。（一家言釋義即自序）

（二）耐歌詞四卷

有康熙刊本。孫氏以爲，一家言全集卷八所收之笠翁餘集即出于此本。第一第二兩卷爲小令，第三卷爲中調，第四卷爲長調，前附窺詞管見二十二則。有康熙戊午（十七年）笠翁自序。該本爲弧形別本，先於全集。及孫氏之時，已不多見。

翁秘書第一種」一行大字。則第二種乃承第一種而言。一家言、閒情偶寄同爲笠翁著作之屬，卻非同一書，孫氏此例，應不足證明。

見於全集本餘集之詞作：小令有二百三十五闋，中調有七十八闋，長調有五十五闋。數量可謂不匱。

名爲耐歌，在于「因填詞一道，童而習之，不求悅目，止期便口，以耐歌二字目之可乎？所耐惟歌，餘皆不耐可知矣。」（笠翁自序）

（三）笠翁增定論古四卷

爲康熙刊本。孫氏以此本乃就初編增定，已不多見，傅惜華先生藏有此書。前有康熙三年王仕雲康熙四年余懷等序。一家言全集卷九卷十收有此書，然改題笠翁別集。

今見李漁全集所收卷九卷十屬此，惟未見康熙四年之余懷序。內容計有：五帝紀一篇、商紀三篇、周紀十二篇、秦紀二篇、西漢紀二十九篇、東漢紀十五篇、西晉紀七篇、東晉紀五篇、南北朝紀七篇、唐紀三十三篇、五代紀六篇、宋紀十一篇、元紀三篇。

其論古之所由作，有讀史志憤一詩白之：

> 幼讀古人書，冥然若有會；及觀先儒論，心孔自己閉；古人心思活，
> 後人善用泥；古人不摹古，各自行其意；後人測前人，引證必以例；
> 稍不合符節，哆口攻其異；古人畧形迹，常爲人所忌；後人不知原，
> 索瘢少遺議；聖賢不無過，至愚亦有慧；功必歸聖賢，過則委愚昧；
> 日食亦至明，隙光愈增晦；冤哉古之人，孰辨非其罪；不若陶淵明，
> 讀書留餘地；非不求甚解，甚解即生贅；一部廿一史，謗聲如鼎沸；
> 不特毀者冤，譽者亦滋愧；孔子惡夫佞，有過不求諱；未聞英雄心，
> 怨直而德媚；我無尚論才，性則同薑桂；不平時一鳴，代吐九原氣；
> 鷄無非時聲，犬遇盜者吠；我亦同鷄犬，吠鳴皆有爲；知我或罪我，
> 悉聽時人喙；死者若有知，未必階之屬。（一家言卷五）

（四）閒情偶寄

孫氏以其原板爲金陵翼聖堂刊本，十六卷。通行之一家言，全集本亦附刻此書，改稱閒情偶集，分六卷。二者只分卷不同，內容無異。而全集卷三與劉使君書，言及閒情偶寄道：

> 請自第六卷聲容部閱起……。其一卷至五卷，則單論填詞一道，猶
> 爲可緩。

卷第及內容與十六卷本全合。又六卷本論音律一章，謂琵琶尋夫一折「補則

誠原本之不逮，已附入四卷之末」，曲文實在二卷，按之十六卷本，則完全符合。故斷十六卷本為原本。

今依廣文書局影翼聖堂本所見：題「閒情偶寄」旁附翼聖堂主人識語。首附康熙辛亥年余懷序及尤侗之閒情偶寄序及本漁親識之「凡例七則四期三戒」。〔註74〕二篇序文刻字字體互異，尤侗序與正文字體同製，余懷序字體則與「凡例七則」字體相類，惟相同之中有大小之別而已。其目次則：

一卷至三卷	詞曲部
四卷至五卷	演習部
六卷至七卷	聲容部
八卷至九卷	居室部
十卷至十一卷	器玩部
十二卷	飲饌部
十三卷至十四卷	種植部
十五卷至十六卷	頤養部

閒情偶寄之撰，笠翁自云：

> 風俗之靡，猶于人心之壞，正俗必先正心，然近日人情，喜讀閒書，畏聽莊論，有心勸世者，正告則不足，旁引曲譬則有餘，是集也。純以勸懲為心，而又不標勸懲之目，名曰閒情偶寄者，慮人目為莊論而避之也。（凡例七則四期三戒：一期警惕人心）

與陶淵明聊寄其閒情之純乎自得，相去何止千里。

（五）無聲戲

無聲戲之資料，以孫楷第所見為最富，辨證亦最精，依其推測，此書版本情形如下：

1、無聲戲前、後二集

乃各為單行本。此單行二種，今尚不可見。

2、無聲戲合集

〔註74〕《李漁全集》所輯者，只有〈余懷序〉，且不附印章。而此處余懷序於「為澤為影」下錯接尤侗序文至篇末：「吳門同學弟尤侗拜撰。」而署余懷名之序文，其「為燭為扇」之上，實涉尤侗序文之首。今長安書局排印本《閒情偶寄》之余懷序文，正承此書之誤，尤侗序文則未見錄。

本當爲前後二集之彙刻本。惜爲書賈肆意割裂，今止見刪減後之十二集合集本，〔註75〕而此刪本合集亦只見殘本。乃馬隅卿所藏：

圖存十二葉。記刻工畫工姓名曰『蕭山蔡思璜鐫』，曰『胡念翌畫』。正文寫刻，半葉八行，行二十字。目錄缺。書僅存二篇。以見存二篇及圖十二葉考之，知其篇目次第與連城璧全集之十二集合同。全書若干篇，今無從考定。〔註76〕

孫氏據其刻繪，斷爲：「的是順治刊本，殆原本也。」〔註77〕

3、連城璧全集十二集外編六卷

日本『舶載書目』元祿間（約乾隆年間）目有『連城璧』，云『全集十二回外編六卷』，並有小注云：『右小說話正集十二回，外編六卷』。孫氏所見大連圖書館藏連城璧乃：

日本抄本，大型。正書十二集，目子集起至亥集止。卷首序署『睡鄉祭酒漫題』。外編四卷則但題卷數，不分集。正書外編共收小說十六篇。

〔註75〕《大連圖書館所見小說書目》：「余以抄本序勘此隅卿藏刊本序，乃發見兩種可異之事：一，隅卿藏本序自三頁前半葉末一行末一字以上與抄本文同：唯刊本『笠翁』『李子』，抄本悉改爲『吾友』；隅卿藏本序文中之『余因取〈無聲戲〉——畫下有殘破圓痕，疑本是二字，去其下半。集暨〈風箏誤〉、「憐香伴」諸傳奇讀之』二十字，抄本改爲『余因取其所著之書，趺坐冷然亭上，焚香煮茗而讀之』，似有意避笠翁姓名及所著小說戲曲名目。二，隅卿藏本序第三集前半末行末字，與後半第一行第一字之間，略去抄本之九十二字。銜接處不能成句，顯係割去兩半葉，以第四葉之後半葉爲第三葉之後半葉。初不知抄本序之所以改易及刊本序之所以割截之故。細審之，不覺恍然。考刊本削去之九十二字中有云：『故余於前後二集初本單行，于皇既各爲評次於先，復合刻於後，在序中可謂極重要之文字。隅卿藏刊本之所以割去兩半葉九十二字者，蓋書已不完，書賈圖掩其跡已去其目，於此序中之重要文字尤不能不削去。而猶欲表示其爲完繕之序：葉不殘，板不改，則唯有割去第三葉下半葉與第四葉上半葉之一法。以第四葉之下半葉爲第三葉之下半葉，於是原書四葉之序遂成三葉。然序葉雖貌似完整，而序文則不能成句。二集之二字去其下半，殘破之痕猶儼然在目。且序爲合集序，文中乃云一集，亦自相抵觸。此種蠛洞，稍細心者自能辨之，亦徒見其心勞日拙也。至抄本所以必改易序文之故，則亦顯然。」孫氏本定此爲前後二集彙刻本，合刻後之二集仍各自爲書，一依原書之舊。而連城璧依之。其全集即初集，外編爲二集。後因十二樓所云：「初集尤瑞郎」見於連城璧外編，遂修正前說。而連城璧全集與外編分次之由，則闕而存疑。

〔註76〕引孫楷第《中國通俗小說書目》。

〔註77〕《大連圖書館所見小說書目》。

此外，且附有杜濬之序。較『舶載書目』所記少二卷。此書雖名『連城璧』，其正書十二集與馬氏殘刊本十二圖中所繪內容相同，次序亦不變。另外，無論由抄本序與馬氏藏刊本序之比勘，〔註78〕杜濬序文之內容，〔註79〕其書亥集後附評：「無聲戲之妙，妙在回回都是說人，再不肯說神說鬼」，與刊本「女開科傳」第五回載：「近又看無聲戲，中有一秀才以千金聘一孌童，花燭合巹，儼然夫婦」，其事正見抄本外編卷三。皆足證明「連城璧」一名，實為書賈為炫世求售而改自「無聲戲」。且「連城璧」或者與無聲戲合集為同一書。〔註80〕

4、無聲戲十二回

藏於日本尊經閣文庫。清初精刊本，有插圖，有陳老蓮筆意。首偽齋主人序，章二，曰「偽齋主人」，曰「掌華陽兵」。其第五、六、八、九回，為大連圖書館藏「連城璧外編」之四卷，餘八回亦見於「連城璧全集」。缺「連城璧」之子午申亥四集。據李漁全集所輯尊經閣文庫藏「無聲戲」每回目下題有「覺世稗官編次」「睡鄉祭酒批評」，則此書為李漁所編，有杜濬之批評，但不知偽齋主人為何人。惟定此書之出版時日，孫氏本有二推測：一、偽齋主人序本「無聲戲」先於「合集」之「無聲戲前集」或「後集」；二、此偽齋主人序本之「無聲戲」乃後於「合集」之另一選本。後以十二樓卷六萃雅樓杜濬評：「初集之尤瑞郎」，見于偽齋主人序本第六回，因以此本或為初集。顧敦鍒則以為：一、連城璧正集之第一回（子集）和第九回（申集），已分別改編為比目魚傳奇和鳳求鳳傳奇。第三回（寅集）、第七回（午集）、第十二回（亥集），則因「文筆闒茸」或「情事……纖巧」被刪去。故此十二回本「無聲戲」乃最後精選之短篇小說集。二、十二回本無聲戲第七回「人宿娼窮鬼訴嫖冤」係新編材料，為連城璧所未見。三、十二回本無聲戲之十二條單句回目乃濃縮連城璧之雙條回目而成，其字句簡潔雅整，而意義反見顯豁。因斷定尊經閣藏本「無聲戲」，為笠翁親自精選編次以代十六篇之前後合集。〔註81〕其說不盡合理。〔註82〕今存其論，以備一說。

上列各版本，因回目互有出入，今轉錄馬氏整理之圖表，殆可一目瞭然：

〔註78〕參見註76。
〔註79〕參見註76。
〔註80〕參見註76。
〔註81〕見顧氏《李笠翁的一部短篇小說集》〈無聲戲〉。
〔註82〕其謂闒里侯不當以「村郎」稱之，改為「醜郎君」方貼切。然此處乃就其家世不出有才之人，即秀才亦不可得。以「村郎」指無名位之人，並無不妥。

	偽齋主人序本無聲戲		連　城　璧	
第一回	醜郎君怕嬌偏得豔	辰集	美婦同遭花燭冤 村郎偏享溫柔福	第五回
第二回	美男子避惑反生疑	卯集	清官不受扒灰諦 屈士難伸竊婦冤	第四回
第三回	改八字苦盡甘來	丑集	老星家戲改八字 窮卑隸陡發萬金	第二回
第四回	失千金禍因福至	巳集	遭風遇盜致奇贏 讓本還財成巨富	第六回
第五回	女陳平計生七出	外編卷一	落禍坑智完節操 借醜口巧播聲名	
第六回	男孟母教合三遷	外編卷三	嬰眾怒捨命狗龍陽 撫孤斈全身報知己	
第七回	人宿妓窮鬼訴嫖冤	寅集？	乞兒行好事 皇帝作媒人	第三回
第八回	鬼輸錢活人還賭債	外編卷四	遭鬼騙有故傾家 受人欺無心落局	
第九回	變女為兒菩薩巧	外編卷二	仗佛力求男得女 格天心變女成男	
第十回	移妻換妾鬼神奇	酉集	喫新醋正室家冤 續舊歡家堂和事	第十回
第十一回	兒孫棄骸骨僮僕奔喪	戌集	重義奪喪奴僕好 貪財殞命子孫愚	第十一回
第十二回	妻妾抱琵琶梅香守節	未集	妻妾敗綱常 梅香完節操	第八回
		子集	譚楚玉戲裏傳情 劉藐姑曲終死節	第一回
		午集	妬妻守有夫之寡 懦夫還不死之魂	第七回
		申集	寡婦設計贅新郎 眾美齊心奪才子	第九回
		亥集	貞女守貞來異謗 朋儕相謔致奇冤	第十二回

（六）十二樓 十二卷

原刊本未見。書名見列蘇城收燬淫書書目單中。〔註82〕

北京大學圖書館藏有消閑居精刊本。精圖十二葉。半葉九行，行十九字。有眉批。

消閑居本有覆本。香港廣智書局出版之李笠翁十二樓（分三冊），即屬此。

嘉慶五年會成堂重刊本。無圖。半葉十行，行二十四字，不精。

坊刊有巾箱本。

另有通行本。

題「覺世稗官編次」，「睡鄉祭酒批評」。即李漁撰，杜濬評。首順治戊戌（十五年）杜濬序，署「鍾離濬水」。

輯于李漁全集者，爲中央研究院傅斯年圖書館藏本，書名《覺世名言十二樓》（16.5*27.5cm），與消閑居版本同爲九行十九字，但無附圖。書內每則故事前附有：「覺世名言第×種—名十二樓」。則此書有二名稱。

十二樓包括「合影樓」、「奪錦樓」、「三與樓」、「夏宜樓」、「歸正樓」、「萃雅樓」、「拂雲樓」、「十巹樓」、「鶴歸樓」、「奉先樓」、「生我樓」、「聞過樓」。每篇各以回計，少則一回，多可六回，其餘二三四回不等。均以一樓爲主腦，發展其事。內容旨在有助世道，敦化人心，「以通俗語言，鼓吹經傳，以入情啼笑，接引頑癡……使人忽忽忘爲善之難而賀登天之易」，〔註84〕「覺世名言」四字，殆其初心之表白爾。

（七）齠齡集

李漁全集卷五詩集之五言古詩《續刻梧桐詩》自序云：

> 此予總角詩作，向有齠齡一刻，皆兒時所爲，災于兵火，自無一存。
> 茲記憶數篇，列于簡首，以示編年之義。

同卷活虎行有王安節眉評云：

> 此先生三十年前詩也。向于齠齡集中見之。

此集或爲笠翁早年詩集，所收大約三十歲以前之詩作。當刻於崇禎順治間，今已不可見。

〔註82〕清余治《得一錄》卷十一之一。
〔註84〕見杜濬〈十二樓序文〉。

（八）十種曲

　　笠翁作品之愛好者極眾，上及弱侯元宰、公卿大夫，下至婦人孺子，無不知有笠翁者。〔註85〕其戲曲有脫稿未數月，即遠播三千里外者，〔註86〕有刻劂未出，稿本先行者，〔註87〕更有下半未撰，上半部已付諸場上者。〔註88〕其劇作初皆孤行單本，隨編隨印。

　　笠翁之劇作若干？據其自述：

　　　　自乎所填諸曲，如已經行世之前後八種及已填未刻之內外八種。（閒情偶寄詞曲部音律章）

證諸郭傳芳愼鸞交序文：

　　　　笠翁……按劍當世而爲前後八種之不足，再爲內外八種以矯之。……予家密於燕。十年來京都人士大噪前後八種。……歲丁未予丞於咸寧，笠翁適入關。……出愼鸞交劇本屬一評。……予快讀數過，不覺掀髯起舞，乃知前後八種，猶爲笠翁傳奇之貌，而今始見其心也。

閒情偶寄余懷序于康熙十年辛亥（西元 1671 年），郭傳芳愼鸞交序于丁未，乃康熙六年（西元 1667 年）事。則截至康熙十年，笠翁已完成十六種傳奇，其前後八種已在康熙六年以前盛行于世，而內外八種，至康熙十年尙未見刻行。郭傳芳所見愼鸞交劇本，當爲稿本，且屬內外八種。又巧團圓載有康熙戊申即康熙七年（西元 1668 年）之序，此劇當亦入未刻內外八種之列。今見李漁全集所輯十種曲，前列八種皆附插圖六面，惟巧團圓與愼鸞交附插圖十二面。而巧團圓第一齣：

　　　　〔西江月〕浪播傳奇八種，賺來一派虛名。閒時自批評。媿殺無鹽對鏡。　既辱知音謬賞，敢因醜盡藏形，再爲悅己效娉婷，似覺後來差勝。

愼鸞交第一齣：

　　　　〔蝶戀花〕年少填詞填到老，好看詞多耐看詞偏少。祗爲筆端塵未

〔註85〕見包璿〈李先生一家言全集序〉。
〔註86〕見全集卷二〈喬復生王再來二姬合傳〉：「名鳳求鳳，此詞脫稿未數月，不知何以浪傳，遂至三千里外也。」
〔註87〕巧團圓總評：「是劇一出，其薰本剞劂而傳。」
〔註88〕全集卷三，《與某公》書：「此劇上半已完，可先付之優孟，自今日始，又爲下場頭矣。月杪必竣，竣後即行。」

　　掃，于今始夢江花繞。　　這種情文，差覺好。可惜元人箇箇都亡了。

　　若使至今還壽考，過予定不題凡鳥。

與郭傳芳「為前後八種云不足，再為內外八種以矯之」之語並觀，此二劇別屬內外八種，或為實情。〔註89〕而內外八種之刻行雖遲，其稿本卻早已流傳。〔註90〕至於內外八種中另外六種已填未刻者，至今無人知其題目或已刻否。日本前田侯家尊經閣之笠翁小說無聲戲中，第一回演闕生事，目錄題目下有注：「此回有傳奇即出」，當指奈何天傳奇。而第二回演蔣瑜事，第十二回演馬麟如妾碧蓮事，目錄下並注：「此回有傳奇嗣出」，未知此二傳奇，是否屬未刻六種。然碧蓮事陳二白之雙官誥劇亦演之，二者或有關聯。

　　此外，有八種傳奇向被誤為笠翁作品，所謂笠翁續刻五種者：

　　萬全記二卷　　首四願居士自序。一名富貴仙。

　　十醋記二卷　　首西湖素岷主人序。一名滿床笏。

　　雙錘記二卷　　首看松主人序。一名合歡錘。

　　偷甲記二卷　　首秋堂和尚序。一名雁翎甲。

　　魚籃記二卷　　首魚籃道人序。一名雙錯唇。

名笠翁新傳奇三種者：

　　補天記二卷　　首小齋主人序。一名小江東。

　　雙瑞記二卷　　首長安不解解人自序。一名中庸解。

　　四元記二卷　　首燕客退拙子自序。一名小萊子。

據鄭振鐸之考訂，以上八種有原刊本，乃希哲八種曲（後附雜劇三種），其初印本上嘗題「湖上李笠翁先生閱定」。此八種作者為笠翁友人范希哲，而四願居士、西湖素岷主人、看松主人、秋堂和尚、魚籃道人、小齋主人、長安不解解人、燕客退拙子皆其化名。〔註91〕八種之曲白，依鄭氏、孫氏所見，皆不類笠翁手筆，則八種應非笠翁作品。〔註92〕目前可見之笠翁曲作有《十種曲》：憐香伴、風箏誤、意中緣、蜃中樓、凰求鳳、奈何天、比目魚、玉搔頭、

〔註89〕由郭序與《巧團圓》、《慎鸞交》看、內外八種為笠翁負盛名後作品，其著作態度較前慎重，亦頗滿意。孫氏以其下場未撰，上半已完即付優孟之作品為《慎鸞交》，當不可能成立。孫氏說見〈李笠翁與十二樓〉一文。

〔註90〕參見註87。

〔註91〕詳見鄭振鐸《插圖本文學史》六十四章。

〔註92〕孫氏〈李笠翁與十二樓〉亦論及八種之辯證，且引有姚燮《今樂考証》之言，可參看。

巧團圓、愼鸞交。原皆爲單行本，後集而合刊。有翼聖堂原刊本，康熙世德堂本、大文堂本、覆本、重刊本，民國七年上海十二家評點本。今就李漁全集中所輯，署「世德堂藏板」之《笠翁傳奇十種》，略述其面貌：

1、憐香伴二卷

卷各十八齣。首虞巍序，署「勾吳社弟虞巍玄洲氏題」。次附插圖六面，分有署竹齋主人、雅簾子、古之人等題詠。是爲「湖上笠翁編次、玄洲逸叟批評」。

旨述婦人之不妬相憐。因聞香生憐，求爲良伴，故名「憐香伴」，又名「美人香」，〔註93〕不外虞序「憐美人之香」之意。

虞巍序有：「當場者，莫竟作亡是公看也，笠翁攜家避地，窮途欲哭，余勉主館粲，因得從伯通，廡下竊窺伯鸞，見其妻妾和喈，皆幸得御夫子，雖長貧賤無怨，不作白頭吟，另具紅拂眼，是兩賢不但相憐，而且相與憐李郎者也。」

2、風箏誤二卷

卷各十五齣。首虞鏤序，署「勾吳社小弟虞鏤以嗣氏題」。次附插圖六面，各有署：宇台氏、露森、白寒等之題詠。乃「湖上笠翁編次、樸齋主人批評」。

樸齋主人總評謂其：

> 是劇結構離奇，鎔鑄工鍊，掃除一切窠臼（當爲臼之誤），向從來作者搜尋不到處，另闢一境，可謂奇之極，新之至矣。然其所謂奇者皆理之極平，新者皆事之常有。

可謂的論。無怪廣受歡迎，其于李漁在世時已久傳不衰，刻本無地無之。〔註94〕即乾隆時，猶見其上演不輟。〔註95〕

3、意中緣二卷

卷各十五齣。首黃媛介序，署「鴛湖黃媛介皆令氏題」。次附插圖六面，各有署：朱家船、張璐、秋遠等之題詠。題「湖上笠翁編次、禾中女史批評」。媛介乃嘉興儒家女，工詩畫。錢謙益、吳偉業輩皆有詩與相贈答。孫氏以黃序自云家西湖垂十年，斷其時當寓湖上，而笠翁在杭州作此劇。

〔註93〕《笠閣批評舊戲目》，美人香下注云：即笠翁《憐香伴》。《新傳奇品》美人香注下云即憐香伴。《傳奇彙考》誤並錄二名。
〔註94〕全集卷三《答陳藎僊書》：「風箏誤浪播人間，幾二十載。其刻本無地無之。」
〔註95〕李調元《雨村曲話》：「世多演風箏誤。」

曲演杭州女子楊雲友、林天素與董其昌、陳繼儒事。四人雖真有其人，然並不相熟，笠翁以其才相當，遂撚管聯緣于其身後，蓋以己意為之：「追取月中簿改，重將足上絲牽，戲場配合不由天，別有風流掌院。」〔註96〕故曰「意中緣」。

4、蜃中樓二卷

卷各十五齣。首孫治序，署「西泠社弟孫治宇台氏拜題」。次附插圖六面，各有署瑞生、友升、張璠、放翁等之題詠。題「湖上笠翁編次」、「叠菴居士批評」。叠菴居士總評謂：

> 傳書煮海本二事也。唯龍女同龍宮亦同。故笠翁先生合其奇而傳之。佗賦海嚳龍之才，寫橘潭沙島之勝。情文相生，疊疊來逼，試拍而歌焉。可以砥淫柔暴，敦友誼而堅盟言。吾知笠翁泚筆時，慘淡經營，實有一段披聲振聾之意，鬱勃欲出，不僅嘲風弄月，欲頡頏于馬關已也。世有公謹決以余為知言。

則此蜃中樓雖合二虛奇事而成，究不可以神怪等閒視之矣。

5、凰求鳳二卷

注云：一名鴛鴦賺。卷各十五齣。首杜濬序，署「楚弟杜濬于皇氏題」。次附插圖六面，各有署：咄咄道人、西畸、雲中逸史、天游子等之題詠。題「湖上笠翁編次，泠西梅客批評」。總評末似被抹去。

笠翁無聲戲小說有「寡婦設計贅新郎，眾美齊心奪才子」一回，與此曲同演一事。孫氏據全集卷二喬王二姬合傳，〔註97〕以此劇當撰于康熙五年（西元1666年）。有誤作鳳求凰者，誤也。

杜序以其旨在戒人三患：淫、妒、詐。黃文暘考其關目之安插，謂其頗多取自實事。〔註98〕則此曲仍見笠翁貫串耳聞目見之事，借戲曲化世風之一貫作風。

6、奈何天二卷

注云：一名奇福記。卷各十五齣，首胡介序，署「錢塘弟胡介題於旅堂

〔註96〕見《意中》緣第一齣「西江月」。
〔註97〕卷二〈喬王二姬合傳〉云：「丙午由都入秦，道經平陽，有二三知己相遇，命伶工奏予所撰新名詞《凰求鳳》。此詞脫稿未數月，不知何以浪傳，遂至三千里外。」
〔註98〕詳見黃文暘《曲海總目提要》卷二十一鳳求凰項下。

之秋水閣」。次附插圖六面，各有署：西而一路、方山子、雪如、名山主人、意中人、藥菴等之題詠。題「湖上笠翁編次，紫珍道人批評」。笠翁無聲戲小說「醜郎君怕嬌偏得豔」一回，亦演此事。惟結局之處理，稍有出入。

　　此劇尤見笠翁好創新之意：「多少詞人能改革，奪旦還生，演作風流劇，美婦因而讐所適，紛紛邪行從斯出。此番破盡傳奇格，丑旦聯姻眞叵測，須知此理極平常，不是奇冤休叫屈。」

7、比目魚二卷

　　卷各十六齣，首王端淑序，署「辛丑閏秋山陰映然女子王端淑題」，則此序于順治十八年（西元 1661 年）。次附插圖六面，各有署：大觀、水西、響先、玉山、方行子等之題詠。題「湖上笠翁編次，秦淮醉侯批評」。無聲戲有「譚楚玉戲裏傳情，劉藐姑曲終死節」一回，同演此事。

　　以節義賦諸伶人，演諸戲場，所謂「邇來節義頗荒唐，盡把宣淫罪戲場，恩借戲場維節義，繫鈴人授解鈴方」〔註99〕此曲不止劇中演劇，關目動人，其深意尤不容忽矣。

8、玉搔頭二卷

　　卷各十五齣，首黃鶴山農序，署「戊戌仲春黃鶴山農題於綠梅深處」，則此序題于順治十五年。次附插圖六面，分有署：穗園、雲石、克王、耐翁等之題詠。題「湖上笠翁編次，睡鄉祭酒批評」。孫氏曾見此曲抄本，有題作「萬年歡」者。

　　此曲據黃序所云：「所作其事則武宗西狩，載在太倉王長公逸史中」。傳前人之精忠、正直、凜凜貞操，乃笠翁於順治十二年（西元 1655 年）所譜。據黃序云，此劇完成，費不數日。笠翁實捷才矣。

9、巧團圓二卷

　　注云：一名夢中樓。上卷十六齣，下卷十七齣。首樗道人序，署「康熙戊申之上已日樗道人書於珸湖僧舍」，即康熙七年（西元 1668 年）。次附插圖十二面，各有署：素娥氏、天放開人、海若、三山子、無懷氏、克菴居士、問奇道士等之題詠。題「湖上笠翁編次，莫愁釣客、睡鄉祭酒合評」。

　　關目與笠翁小說十二樓之生我樓相類。惟體裁不同耳。劇中由第一齣西江月（見前引），可見此劇乃李漁精心作品。劇中人名、流賊以布袋封婦人出

〔註99〕　《比目魚》三十二齣下場詩。

售事，皆取自實事。〔註100〕

10、慎鸞交二卷

共三十六齣。首郭傳芳序，署「匡廬居士雲中郭傳芳手撰」。次附插圖十二面，各有署：西湖寓客、留鬚子、放翁、惺園子、睡鄉祭酒、葛天民、老蓮子、飛來山人、半庵老人等之題詠。題「湖上笠翁編次，匡廬居士、雲間木叟合評」。此序作于丁未（康熙六年，公元1667年），時郭傳芳爲咸寧縣丞，笠翁入關來。〔註101〕

此劇介乎風流道學之間，乃笠翁晚期作品，旨云情之收發宜慎，故曰慎鸞交。其論情主先淡後濃，自趨彌固，若一見綢繆，則定無收場。此主張頗見于其文集中，且十二樓鶴歸樓亦依此觀念發展，然取材與角度又有不同。

二、編選部分

（一）古今尺牘大全八卷

孫氏謂周啓明先生藏有康熙二十七年刻本。題湖上李笠翁先生纂輯。卷首有李漁一首啓白。所選古今尺牘自春秋戰國至明代。書不多見。

（二）尺牘初徵十二卷

孫氏未見。王重民《美國國會圖書館中國善本書》目錄之：

尺牘初徵二十卷十二冊一函清順治間刻本九行二十字

原題：「湖上笠翁李漁蒐輯」卷端有《徵尺牘啓》，謂初徵既成，更爲《二徵》《四徵》，「初徵」之義本此。卷內尺牘，以收到先後爲次，另製「分類便查綱目」，以便應用。是《徵》緊承明末諸家之後，故爲著錄。

吳偉業序順治十七年（西元1660年）

其文集書稿中，亦頗見其徵時人尺牘之文字。〔註102〕

（三）尺牘二徵

尺牘初徵卷端徵尺牘啓中，提及二徵。〔註103〕而孫氏見《古今尺牘大全》

〔註100〕見黃文暘《曲海總目提要》卷二十一〈巧團圓〉項下考證。
〔註101〕郭序：「歲丁未予丞於咸寧，笠翁適入關。」
〔註102〕全集卷三〈有與曹顧菴太史徵稿書〉云：「尺牘新稿，立候見頒。」〈與杜于皇書〉云：「來牘九首，祇登其八。復何元方一箚，過於抹倒時人，未免犯忌。故逸之。」有〈與吳梅村太史書〉云：「尺牘新篇尤望傾庋倒篋。」

封面題識有云，初徵行事已久，當有尺牘二徵應世，今未見。

（四）名詞選勝

全集卷一名詞選勝序：

> 十年以來，名稿山積，繕本川流，坊賈之捷于居奇者，欲以陶朱猗
> 頓之合謀，舉而屬諸湖上翁一人之手。……坊人固請不已，爰有是
> 刻，名曰選勝，蓋以諸選皆勝，而我拔其尤，是猶勝人之勝，非敢
> 勝人之不勝也。

又見卷三與徐電發書：

> 弟詞選不久告成，聞龔宗伯全稿，託吾兄授梓，何不惠第一冊以備選。

同卷與丁飛濤儀部一文：

> 蒙睨詩詞二刻……弟自選詞以來，未有慶得其人，如今日者。

可見名詞選勝兼及時人作品。今未見。

（五）資治新書十四卷二集二十卷

爲官人案牘之選本。孫氏曾見坊間傳本甚多。其初集間收明人案牘。附
《詳刑末議》《慎獄芻言》共一卷於首，乃出李漁手筆。〔註104〕且有康熙二年
（西元 1663 年）癸卯王仕雲王仕祿二序。二集皆清人吏牘，首康熙六年（西
元 1667 年）丁未周亮工序。前集載有吳三桂文移，題曰「平西王」。大約二
書刊行在康熙十二年（西元 1673 年）三桂未反之前。書既行世，未盡刊削，
坊間合刻二書亦仍其舊故也。

（六）新四六初徵二十卷

依孫氏所見：乃金陵翼聖堂康熙十年原刊本。爲漁居金陵時屬其婿沈心
友編次。分二十門：津要部、藝文部、箋素部、典禮部、生辰部、乞言部、
嘉姻部、誕兒部、讌賞部、感物部、節義部、碑碣部、述哀部、傷逝部、閒
情部、祖送部、戲謔部、豔冶部、方外部，僅因事立目，於文體則無所剖判。
每篇附注釋，但未能舉其出處。封面題記謂漁經十餘年採輯而成。又云「二
集即出」，似尚有二集。

（七）四六初徵二十卷

清代禁燬書目中，「違礙書目」項內，列有李漁輯之四六初徵。今知美國

〔註103〕參見前則所錄。
〔註104〕《皇朝經世文》錄之，參見附錄一。

國會圖書館中國善本藏書有：

四六初徵二十卷十二冊一函清康熙間刻本九行二十字

原題：「湖上笠翁李漁蒐輯，婿沈心友因伯較釋，男將舒陶長訂正。」是集啓札外，兼載記序之文，凡二十部，蓋以啓札贈序，同為應酬文字也。凡例謂資治新書不載四六，故獨立成為此書。是書與尺牘初徵並行，因并載之。

許自俊序（西元 1671 年）

吳國縉序（西元 1671 年）〔註105〕

此書與新四六初徵均分二十部，惟內容不見載，難以比並而斷其關係。若依書名，則新四六初徵或為後出者矣！

（八）笠翁詩韻五卷

孫氏謂傅惜華先生藏有康熙乙未書林黃天德刊本，首載笠翁自序。此書另有康熙十二年癸丑刊本，但孫氏亦未見。

笠翁詩韻序今見收於全集中卷一文集中。提及詩韻撰作之緣：

> 笠翁詩韻者，非取古人已定之四聲，稍稍更易之而攘為己有。蓋云一人自用之書，非天下公行之物也。……予初辨四聲時，髮尚未燥，取古今不易，天下共由之詩韻，逐字相衡而辨其同異，覺有未盡，翕然于口者，心竊疑之，而未敢致詢于人，……及取毛詩屈騷以及秦漢以前諧聲協律諸文詞，句櫛字比而驗之，始知非盡我一人疑之之謬而普天之下之人之口皆讀字，從今不從古之謬也。……我既生于今時而為今人，何不學為關睢悅耳之詩，而必欲強效綠衣鶺奔之為韻，以聲天下之牙而并逆其耳乎。執以為見，笠翁詩韻一書遂胎其核焉。

詩韻之取裁乃：

> 取古韻之字而經緯顛末之，但有分別，絕無去取，又取詩韻中，一切便宜可行之事，應有而未之見者，一創百創，悉載其中。

特名之曰笠翁詩韻者，亦在於：

> 所謂我行我法，不必求肖于人，而亦不求他人之肖我。

（九）笠翁詞韻四卷

據孫氏記載，周啓明先生有此書，例言署笠翁自述，無序。

〔註105〕見《美國國會圖書館中國善本書目》，頁 1140。

（十）綱鑑會纂

（十一）明詩類苑

（十二）列朝文選

依孫氏所云，上列三書，俱見引于四六初徵凡例。曰：嗣出。如今未見。

（十三）古今史略

此書列在禁燬書目中，云「李漁者」。今已失傳。

（十四）千古奇聞十二集

傅惜華先生藏有此書。孫氏謂：題「湖上笠翁李漁鑑定」。所載皆女子書。由其康熙己未笠翁自序，知此書乃刪定陳百峰所輯女史而成，本為教其女之用。序署「康熙乙未仲冬朔」，孫氏以為當是笠翁辭世前最後之著作。

三、評閱部分

（一）官板大字全像批評三國志〔註106〕

孫楷第氏曾見笠翁評之三國，為兩衡堂本，二十四回卷一百二十回。〔註107〕

（二）十種傳奇二十二卷十冊

為清初刊本，不著編人，內容即玉夏齋傳奇，計收：

喜逢春二卷一冊，明清嘯生撰，共三十四齣。

詠懷堂新編十錯認春燈謎記二卷一冊，明阮大鋮撰，共四十齣。

鴛鴦棒二卷一冊，明范文若撰，共三十二齣。

望湖亭記二卷一冊，明沈自晉撰，共三十五齣。

山水鄰新鐫花筵賺二卷一冊、明范文若撰，共二十九齣。

長命縷二卷一冊，明勝樂道人撰，共三十齣。

荷花蕩二卷一冊，明馬佶人撰，共二十八齣。

金印合縱記二卷一冊，明蘇復之撰，共三十四齣。

評點鳳求凰二卷一冊，明澹慧居士編。共三十齣。

山水鄰新鐫出像四大痴傳奇四卷一冊，明李九標等撰。

除最後一種為雜劇，餘皆傳奇。扉葉上橫刊「李笠翁先生閱」六字。

〔註106〕據東京大學東洋文化研究所漢籍分類目錄書名人名索引頁90。
〔註107〕見《中國通俗小說書目》卷九附錄二「四大奇書」項下頁221。

（三）希哲八種曲

據鄭振鐸所見初印本之題頁上，有「湖上李笠翁先生閱定」字樣。詳可參見前文十種曲下。

（四）芥子園畫傳初集

此畫傳〔註108〕初集主述畫山水之法，乃其婿沈心友家藏，由金陵王安節摹撫分類，廣爲百三十三頁，更上窮歷代，近輯名流，彙諸家所長，得全圖四十頁。笠翁見之歎謂：「有是不可磨滅之奇書，而不以公世，豈非天地間一大缺陷事哉！急命付梓。」〔註109〕後因初集廣受歡迎，續有二三集之出，〔註110〕甚而有第四集，〔註111〕而笠翁已謝世久矣。〔註112〕

〔註108〕華正書局民國 67 年 1 月版名爲《芥子園畫譜》，然見王槩畫傳合編序：「仍標曰芥子園畫傳」一語，則「芥子園畫傳」一名當爲原稱。

〔註109〕見李漁序芥子園畫傳之文。

〔註110〕據王槩畫傳合編序文，知其于笠翁卒後，復與沈心友合作，續有蘭竹梅菊之前編、山花翎卉及艸蟲翎羽之後編。印證今見覆本，乃二、三集。王之序可見華正書局芥子園畫譜第二冊。

〔註111〕見王槩畫傳合編序文。

〔註112〕關於四集，有謂其乃僞出者。參見華正書局印《芥子園畫譜》二冊前附何鏞序文。

第二章　李漁戲劇理論與傳統戲劇理論

第一節　中國傳統戲劇理論概略

　　中國傳統戲劇成熟於元之雜劇，劇論亦始見於元代。但以傳統戲劇爲音樂性之文學，其結構主體之曲調，乃散曲之結合，劇論內容因此多基于曲論。曲原乎詞，皆具音樂性，其淵源之深，乃由彼本肇乎詞之塡製，而沿襲於散曲、劇曲之「塡詞」一事，可以概見。詞論之發展，格律聲調之體制，已成熟於有宋，討論之各方面俱全。〔註1〕曲論之承詞論遂多。於是，傳統劇論中，析音辨韻，恪守曲譜、溯原牌調，乃至平仄不易之格律問題，遂爲論劇之首務。惟以散曲與劇曲作法相通，操觚者多兼擅兩體，當日曲論、劇論常混爲一談。元周德清之中原音韻，以散套、小令爲主，所論並雜戲劇，後世劇論多宗其言，蓋由於此也。至若理論中分別樂府（指散曲、小令）、戲劇，則首見于明朱權之太和正音譜。

　　傳統之戲劇，可上溯史記滑稽列傳所載優人之搬弄，第以長隸樂部，〔註2〕

〔註1〕詳見《談詞》，李師任之著。

〔註2〕周貽白《中國戲劇發展史》第二章頁113：「中國的戲劇，自始即混雜在散樂（按，周書頁36～39云：「百戲，正式的名詞爲『散樂』，其制源出周代。周禮云：『旄人教舞散樂』。到漢代，便以屬於雜技。……正樂以外，另設散樂專部，是漢代以前所沒有的事，散樂，毋寧謂之俗樂」）裏面，到唐代雖已形成另一部門，但仍未脫離樂部。俳優一項，便兼有漢魏六朝遞傳下來的百戲。宋代的雜劇，形式雖更臻完備而可以單獨做弄，但逢百戲雜呈的時候，還是參雜在許多伎藝裏面。因之，俳優一名詞，其意義仍極廣泛。教坊十三部固全屬之，即凡各項伎藝的演奏者，也一概在內。若以戲劇所包容的藝術部門

不僅體制之淵源、發展，多與歌舞相涉，〔註3〕其地位亦因此長處娛樂、慶昇平之列；技藝之翻新遠超乎內涵意境之追求、代言設詞之俚淺恆異於個人興托之高遠。譬如關漢卿之作品，其小令有：

> 適意行，安心坐。渴時飲、飢時餐，醉時歌。困來時就向莎茵臥。日月長。天地闊。閑快活。（〔南呂〕四塊玉 別情 引自全元散曲（上）頁157）

散套有：

> 〔雙調〕〔喬牌兒〕世情推物理。人生貴適意。想人間造物搬興廢。吉藏凶凶暗吉。
>
> 〔夜行船〕富貴那能長富貴。日盈昃月滿虧蝕。地下東南。天高西北。天地尚無完體。
>
> 〔慶宣和〕算到天明走到黑。赤緊的是衣食。鳧短鶴長不能齊。且休題。誰是非。
>
> 〔錦上花〕展放愁眉。休爭閒氣。今日容顏。老如昨日。古往今來。怎須盡知。賢的愚的。貧的和富的。
>
> 〔么〕到頭這一身。難逃那一日。受用了一朝。一朝便宜。百歲光陰。七十者稀。急急流年。滔滔逝水。
>
> 〔清江引〕落花滿院春又歸。晚景成何濟。車塵馬足中。蟻穴蜂衙內。尋取個穩便處閒坐地。
>
> 〔碧玉簫〕烏兔相催。日月走東西。人生別離。白髮故人稀。不停閒歲月疾。光陰似駒過隙。君莫癡。休爭名利。幸有幾杯。且不如花前醉。
>
> 〔歇拍煞〕恁則待閒熬煎閒煩惱閒縈縈。閒追歡閒落魄閒遊戲。金雞觸禍機。得時間早棄迷途。繁華重念簫韶歇。急流勇退尋歸計。采蕨薇洗是非。夷齊等巢由輩。這兩箇誰人似得。松菊晉陶潛。江湖越范蠡。」（引自全元散曲（上）頁188～189）

雜劇則有：

〔鬥蝦蟆〕空悲戚，沒理會，人生死，是輪迴。感著這般病疾，值著這般時勢，可是風寒暑濕，或是饑飽勞役，各人證候自知。人命關天關地，別人怎生替得？壽數非干今世，相守三朝五夕，說甚一家一計。又無羊酒段匹，又無花紅財禮；把手為活過日，撒手如同休棄；不是竇娥忤逆，生怕傍人論議。不如聽咱勸你，認箇自家悔氣，割捨的一具棺材，停置幾件布帛，收拾出了咱家門裏，送入他家墳地。這不是你那從小兒年紀指腳的夫妻；我其實不關親，無半點兒惻惶淚。休得要心如醉，意似癡，便這等嗟嗟怨怨，哭哭啼啼。

（竇娥冤雜劇第二折　引自《元人雜劇選》頁21）

小令，散套表現個人之風格與劇曲模擬群眾之風格，迥然有別。〔註4〕據此，反映於理論之要求，自然不同。劇論與曲論之差異，不在顧及場上與否，其基本性質之差異，已瞭然明矣。

　　傳統戲劇重音樂之特質，導致傳統劇論偏重格律之遵守。嚴守每劇四折，一人獨唱，宮調不易，曲套固定之元雜劇，固因此產生周德清中原音韻、朱權太和正音譜重格律、列譜式之劇論。即如南傳奇之形式較自由，腔調種類繁複，〔註5〕要其劇論若徐渭之《南詞敘錄》、沈璟之《二郎神》套曲、魏良

〔註4〕雜劇內容，明朱權《太和正音譜》分列十二科：
　　　　一、曰神仙道化
　　　　二、曰隱居樂道（又曰林泉丘壑）
　　　　三、披袍秉笏（即「君臣」雜劇）
　　　　四、曰忠臣烈士
　　　　五、曰孝義廉節
　　　　六、曰叱奸罵讒
　　　　七、曰逐臣孤子
　　　　八、曰鏺刀趕棒（即「脫膊」雜劇）
　　　　九、曰風花雪月
　　　　十、曰悲歡離合
　　　　十一、曰烟花粉墨（即「花旦」雜劇）
　　　　十二、曰神頭鬼面（即「神佛」雜劇）
〔註5〕王驥德《曲律》
　　　　「夫南曲之始，不知作何腔調。沿至於今，可三百年。世之腔調，每三十年一變，由元迄今，不知經幾度更矣！大都創始之音，初變腔調，定自渾樸；漸變而之婉媚，而今之婉媚極矣！舊凡唱南調者，皆曰『海鹽』。今『海鹽』不振，而曰『崑山』。……今自蘇州而太倉松江，以及浙之杭、嘉、湖，聲各小變，腔調略同，惟字泥土音，開、閉不辨，反譏越人呼字明確者為『浙氣』，……然其腔調，故是南曲正聲。數十年來，又有『弋陽』、『義烏』、『青陽』、『徽

輔《曲律》、《沈寵綏弦索辨訛》、《度曲須知》、徐大椿《樂府傳聲》，猶以格律為重。惟南曲係承村坊小曲，宮調不限，節奏自由，但取畸農、市女之順溜可歌，雖間有一二叶音律，終不可例其餘，其曲套之組成遂不同於北曲之宮調固定，乃以「聲相鄰以為一套，其間亦自有類輩，不可亂也。如黃鶯兒則繼之以簇御林，畫眉序則繼之以滴溜子之類，自有一定之序，作者觀於舊曲而遵之可也」，高明《琵琶記》之「也不尋宮數調」，此亦南曲曲調運用之說明也。〔註 6〕至若湯顯祖之「不拘格律」，亦只在不遵當日士大夫及傳奇作家好尚之崑山腔，而協其宜黃腔之律而已。〔註 7〕是無論南曲、北曲或南北混淆，種類雜呈之地方腔調，傳統戲劇之本質均在重音樂、付絲竹，傳統劇論之固遵格律，乃屬必然。

由《六十種曲》觀之，持「人世無常，流光易逝，行樂即時」之旨撰劇者仍眾，〔註 8〕戲劇價值猶以娛樂為主。徐復祚所謂「風教當就道學先生講求，不當責之騷人墨士也」，「酒以合歡，歌演以佐酒，必墮淚以為佳，將《薤歌》，《蒿里》盡侑觴具乎？」〔註 9〕殆為時人普遍之戲劇價值觀歟！然有以學風平民化之影響（詳見第三章第二節第 3 則），戲劇深入民間，本乎人情之常，乃為有心人用為教化良具，名教淵藪。此論以湯顯祖之《宜黃縣戲神清源師廟記》一文，闡之最切（詳見附錄四）。有明開國以來之力倡仁義，〔註 10〕可稱

州』、『樂平』諸腔之出。今則『石臺』、『太平』梨園，幾遍天下，蘇州不能與角什之二三。其聲淫哇妖靡，不分調名，亦無板眼；又有錯出其間，流而為『兩頭蠻』者，皆鄭聲之最，而世爭豔趨痂好，靡然和之，甘為大雅罪人，世道江河，不知變之所極矣！」歷代詩史長編二輯第四冊。

〔註 6〕以上詳見徐渭南詞敘錄。歷代詩史長編二輯第三冊頁 240～241。

〔註 7〕說據《湯顯祖全集》卷三十四《宜黃縣戲神清源廟記文》后，葉德均箋文。卷十八〈七夕醉答君東〉，答凌初成書原意題刪本牛丹亭。卷四十七答凌初成。卷四十九《與宜伶羅章二書》。姚叔祥《見只編》：「湯海若先生妙於音律，酷嗜元人院本。自言篋中收藏，多世不常有，已至千種，有太和正音所不載者，比問其各本佳處，一一能口誦之。」

〔註 8〕參見附錄五。

〔註 9〕徐復祚《曲論》，《歷代詩史長編》二輯第四冊頁 236。

〔註 10〕《大明律講解》卷二十六《刑律雜犯》：「凡樂人搬做雜劇戲文，不許粧扮歷代帝王后妃，忠臣烈士、先聖先賢神像，違者杖一百；官民之家，容令粧扮者與同罪。其神仙道扮，及義夫節婦、孝子順孫，勸人為善者，不在禁限。」明洪武三十五年五月刊本《御製大明律》：「凡樂人搬做雜劇戲文，不許粧扮歷代帝王后妃、忠臣烈士、先聖先賢神像，違者杖一百；官民之家，容令粧扮者與同罪。其神仙道扮，及義夫節婦、孝子順孫，勸人為善者，不在禁限。」轉引自《元明清三代禁燬小說戲曲史料》。

其先聲，此即理想之戲劇價值定矣。又如沈德符所云，才人以遊戲筆墨塡詞之餘，漸有寓意譏訕者。〔註 11〕此風首見于王世貞曲藻之論戲劇所本、興寄所寓，殆明人黨同伐異，攻微揭隱習氣使然耳。其劇作家借澆塊磊者，特不爲無見，〔註12〕終屬尠也。是借劇興托，但傳統劇論之異數耳。

　　格律之遵守及論辯外，遍涉劇本之取材、虛實之運用、劇情之結構，情節之分布、賓白之討論、科諢之要求者，首見王驥德《曲律》。雖條例分明，分類井然，其論說系統之架構猶嫌散漫，尤以戲劇與散套、小令並雜，特純以戲劇立場，但論戲劇者，猶有待諸後來者焉。

第二節　李漁劇論與傳統劇論之關係

　　笠翁劇論體系，見於閒情偶寄詞曲部、演習部。乃今所見傳統劇論最具系統之著作：既承劇論中之重格律、娛人之傳統，復擷採理想之戲劇價值觀；正視傳統戲劇之群眾性及社會性，而致力于擴大其功用；雖偶有一二言語，可見曲論影響之跡，但已足稱全以戲劇立場論戲劇。

　　然而，笠翁劇論非憑空捏造，其理論中，個人浸淫所得者有之，擷採前人者亦有之。今就內容而言，笠翁劇論與王驥德曲律可稱直接相承。〔註 13〕特笠翁之論，更見具體，條列有致，不雜散套、小令之論爾。觀其年代，則王、李實先后銜接：王氏係萬曆年間戲劇及戲劇理論名家，李氏則生於萬曆年間，揚名於二三十年後。再以空間論，二人均隸浙籍，〔註 14〕地域相近，兼以江浙人文薈萃，刻書之業盛，其相互聲聞當屬可能。至若弦索辨訛之列、《嘯餘》之輯，笠翁劇論既已提及，且爲論述之佐證，其關係自匪淺矣。

　　質言之，傳統劇論衡以今日標準，不乏論劇的言，頗及戲劇本質。但以淵源及發展之特殊，其論多與曲詞相涉，形式多屬散渙雜陳。笠翁劇論之系統化，實爲異葩。又逢戲劇盛日，各體競麗，諸式雜呈，益以終生之營運，遂有關於劇本賓白、取材及長度等之創見，而「場上」之注重，尤具慧眼。其內涵容于第四章、第五章敘述，茲且不贅。

〔註11〕語見沈德符《顧曲雜言》〈塡詞有他意則〉，《歷代詩史長編》二輯第四冊頁 207。
〔註12〕同注 8。
〔註13〕Helmut Martin（馬漢茂）亦主此説，見其博士論文 Li Li-weng über das Theater（李笠翁論戲曲）S. 18, Inaugural dissertation, Heidelberg, 1966.
〔註14〕王驥德籍浙江會稽，笠翁隸浙江蘭谿。

第三章　李漁戲劇理論產生之背景

第一節　時代背景

一、異族統治──流寇異族滿江山

　　笠翁生於明萬曆三十九年（西元 1611 年），清康熙十九年（西元 1680 年）卒，當明清鼎革之際，笠翁時方壯年。

　　萬曆以前，明廷經宦官弄權，〔註1〕帝王多方營建，府藏告匱，〔註2〕權臣嚴嵩父子，貪饕無厭，〔註3〕元氣大傷。萬曆初，雖有張居正力振綱紀，惜繼之非人，礦稅索天下，秕政擾生靈，朝中復多事。〔註4〕及熹宗朝（西元 1621～1627 年），魏閹禍國，黨同伐異，計殺朝臣，忠良一空，清流橫摧，內政不堪聞問。論及邊政，則掌兵者不諳邊事，邊將固有人，然兵權、事權不一，大局莫支，其非內毀於閹黨，即外罹於反間（若熊廷弼、袁崇煥、孫承宗），不得終其位。〔註5〕崇禎元年冬（西元 1628 年），陝遼積欠糧餉，饑軍遂匯為叛卒，掠官府，合群盜，二年（西元 1629 年）帝又裁山陝驛站冗卒，致仰驛糈為食之遊民，因飢盛盜。而陝北大祲，百姓凍餒，益以逃卒、響馬，雜此

〔註1〕見《明史》卷三○〈四宦官傳〉。
〔註2〕見《明史》卷十八〈世宗本紀贊〉。
〔註3〕見《明史》卷三○八〈奸臣傳〉。
〔註4〕有東林黨議，三案之爭。三案即梃擊案，紅丸案，移宮案。詳見清趙翼《廿二史箚記》卷三十五：「三案」、「三案俱有故事」二則。
〔註5〕參見蕭一山《清代通史》。

六者，流寇日熾，蹂躪中原。審流寇竄跡，起於陝西，轉掠山西，河南、湖廣、四川，且出關東犯。張獻忠、李自成，為禍尤甚者。

崇禎十一年（西元 1638 年），張獻忠一度于湖廣，為左良玉所制，請降。適清兵深入，剿寇主翼，轉而勤王、入衛，治寇無人，賊復叛。十三年至十六年間（西元 1641～1643 年），流竄於：四川、襄陽、亳州、盧州、六合、南京、漢陽、武昌、湖南、長沙、江西，左良玉次第收復，賊乃棄長沙入蜀。十七年（西元 1644 年）八月，陷成都、定全蜀，僭號大西國王。

李自成初附復叛之張獻忠，不合，遁走奔河南。結合舉人河南李巖（原名李信）、牛金星，以收拾人心為本。初，民多歸之。十三年至十六年（西元 1640～1643 年），計陷南陽、宜陽，攻洛陽、開封，陷汝寧，據襄陽，守荊州、彝陵、澧州、漢川（防左良玉）、信陽、禹州，逼西安，屠鳳翔，破瑜林、降寧夏、又屠慶陽，陷蘭州、西寧及甘肅，秦隴之地，皆其所有。崇禎十七年（西元 1644 年），僭號於西安，更名自晟，國號大順。進窺山西，大同總兵姜瓖，宣府總兵王永胤，相繼上降表，遂長驅入居庸關。三月十九日陷京師內城，思宗自縊煤山壽皇亭。自成據京，百官入賀勸進，自成但拷索財物，金足輒殺之。平西伯吳三桂，本奉召統邊兵入衛。聞賊掠其寵姬陳氏，遂疾歸山海關，乞師於清攝政多爾袞。

多爾袞大學士范文程，〔註6〕乘此時機，有志圖中原，乃變鈔掠為弔伐，聯吳破李。約束諸將，誘撫百姓，〔註7〕因所至迎降，儼然義師。入京，所頒政令，亦以減輕負擔，俯順輿情為籠絡；首為崇禎帝發喪，示倫理綱常之重，以符「仁義師」之名；減除三餉及加派，恢復萬曆初年稅率，革苛政根本。且勵行所謂「非以富有天下為心，實以拯救中國為計」，西向剿賊，平山西、山東，河南亦反自成。順治二年（西元 1645 年），清軍腹背夾攻，克西安、定陝西。自成竄走長江流域間，死於通城九宮山。〔註8〕三年（西元 1646 年），

〔註 6〕范文程曰：「自闖賊猖狂，中原塗炭，近且傾覆京師。戕僇君后，此必討之賊也。雖擁眾百萬，橫行無忌，然揆其敗道有三：逼隕其主，天怒矣；刑僇縉紳，士憤矣；掠民資賊，淫人妻女，火人盧舍，民憾矣；備此三敗，行之以驕，可一戰破也。我國家上下同心，兵甲選練，誠聲罪以討之，兵以義動，何功不成？」

〔註 7〕多爾袞與諸將誓約，並諭眾曰：「此次出師，所以除暴救民，滅流匪以安天下也。今入關西征，勿殺無辜，勿掠財物，勿焚盧舍，不如約者罪之。」范文程草檄宣言曰：「義兵之來，為爾等復君父仇，非敵百姓也。今所誅者惟闖賊。官來歸者，復其官，民來歸者，復其業，必不爾害。」

〔註 8〕見蕭一山《清代通史》第二篇頁 270。

擒斬張獻忠，川北平定。川東之擾攘，至順治十六年（西元 1659 年）猶未息，
川人浩劫慘矣。

　　甲申年（西元 1644 年），南都繼立，以名正言順、民心多擁戴，清室因
之承認其自立於初，其後大局漸定，遂藉言不援先帝，擅立皇帝，各鎮擁兵
虐民，南下伐之。〔註9〕南明福王立，馬士英入閣，把持朝政，苛政虐民，誅
戮東林，所薦阮大鋮，掌中樞，貪墨授官，索賄貽印，雖江北有史可法，以
內無兵餉實權，外有鎮將悍齟，終無益於朝廷。順治二年，多鐸陷揚州，兵
民罹奇禍。〔註10〕南都繼破，潞王於杭州率眾迎降。清英王阿濟格剿寇之師，
亦收有江西、湖北。自此，長江流域西自湖北，東至海，南及浙西，大都降
服。南北大定，遂下薙髮易服之令，民心大憤，不惜抵命相抗，加以降將騷
虐，江南列城，民兵四起，清軍一一平之。有事處大約：松江、吳江、崑山、
新城、太倉、太湖、會稽、徽州等處。其時，閩浙各有唐王稱帝福州，魯王
監國紹興。順治三年（西元 1646 年）清以具勒博洛爲征南大將軍，偕都統圖
賴、貝子屯齊，專征浙閩。四月克紹興，寧波、溫、台、金華、衢州，江山
繼下，餘皆迎附，兩浙悉平。入閩，唐王被執，死于福州。桂王立於粵，順
治五年，一度有兩廣、雲、貴、贛、湘、川七省，山、陝又得姜瓖呼應，閩
浙則有鄭成功、張名振出入，中原擾攘，人心不定，奈明臣各樹朋黨，水火
相仇，終難定大局。

　　順治六年至十二年（西元 1649～1655 年），清明兩軍進退於湘、贛、兩
廣，十三年（西元 1656 年），桂王逃雲南，鄭成功克閩安、福州，震動浙東。
十五年（西元 1658 年），吳三桂、洪承疇用兵川黔，略復。十六年（西元 1659
年），鄭成功趁江南無備，自崇明入江，克鎮江，薄江寧，謁孝陵，清帝震驚，
幾欲出關。以策應無力，還廈門，專致臺灣。十七年（西元 1660 年），桂王
入緬甸，鄭成功亦卒。十八年（西元 1661 年），緬人獻桂王，爲窮究邀功之
吳三桂所獲。南明名號僅存於臺灣。

　　明季萬曆以至清康熙之初，凡五六十年間，中原變化殊甚。致亂之由，
乃明室「黨議開敗政之端，主庸有養奸之暴，邊禍爲橫征之緣，苛稅熾寇賊
之勢」，〔註11〕明人亂極思治，苟能粗安苟息，即以異族入主，除少數有故國

〔註 9〕見多爾袞〈致史可法書〉。
〔註10〕詳見《揚州十日記》。
〔註11〕引蕭一山《清代通史》第二篇「明亡之史論」條下。

之思者，多不加反抗。爲治之易，遂勝於平時。且清人既入北京，首爲崇禎帝發喪，示倫理綱常之可重，減除三餉及加派，恢復萬曆初年稅率，以革苛政之本。可謂深知國家治亂之關鍵，善乘時機者也。其政策，除多爾袞攝政外，大半出於范文程洪承疇諸人。是雖見治於異族，其大略猶軌漢人規模，尚能切中積弊而改革之也。

初，清室猶儳於臣屬未敢藐視聖王之情，皇太極雖犯邊累累，不外挾此以促和議速成，奈明廷未見及此，猶以「自大」爲是，終至「願和不得和」。〔註12〕吳三桂請兵，值皇太極暴崩，福齡以六齡之童踐帝祚，多爾袞實力在握，然恩德不及皇太極之能御臣下，諸王尚難同心。其長驅南下，定鼎中原，不惟多爾袞始未料及，亦滿人之倖運。且清人終屬少數，有賴漢大臣營謀，一以武力震儳不庭，一以治術收攬人心，漢族社會遂大體仍沿故明舊制，偏於養息。〔註13〕逮其根基穩固，遂時殺降臣以爲警尤，又劃滿漢之界，揚滿抑漢，此異族統治之必然也。

二、社會結構

滿清入關，施惠於下民，不外「減輕負擔，俯順輿論」之懷柔籠絡。其內部組織，則悉依明制。惟內閣六部都察院衙門官員，俱以原官同滿官一體辦事，印信鑄作並滿漢合文。凡屬旗丁，給與世祿口糧，止許爲官爲兵，不得爲工商，在以政治武力之大權，歸於滿族也。所謂：

> 洪承疇建以漢人養旗人，不令旗人營生計之策，從此滿漢分居，漢人得安其農工商賈之業，二百七十年免其擾，雖出租稅以養之，尤有利焉。此則洪承疇之有功於漢族，抑若善於補過者也。馴至八旗之人，一物不至仰恃漢人，猶嬰兒之於乳母，民軍一起，數月而亡矣。〔註14〕

如是，除滿漢分界嚴謹，政治武力大權偏於滿族外，營運社會生計之農工商賈，猶操諸漢人爾。

農業向爲國本，歷元賤耕之弊，本明力行屯田，關耕地，〔註15〕若賦稅亦

〔註12〕參見蕭一山《清代通史》第二篇頁210。
〔註13〕參見蕭一山《清代通史》第二篇256頁～257頁。
〔註14〕《清代通史》第二篇頁266所引近人筆記。
〔註15〕《中國近世文化史》——〈明代的文化〉頁247引。

以農民之糧稅，丁稅爲主。明季，賦稅日征，民多不堪，崇禎時，甄淑奏稱：

> 小民所最苦者，無田之糧，無米之丁，田鬻富室，產去糧存，而猶
> 輸丁賦。

及清有中國，著意養息，農桑猶爲邦本：

> 每歲值鄉農播種之時，有司懸牌，大書農忙止訟四字，曉諭署前，
> 所以重農桑，裕邦本也。

賦稅亦以糧稅、丁稅爲主源〔註16〕農民遂爲社會結構之基礎。

　　蓋明初，實施恢復社會經濟政策後，農業生產之發展與提高，乃引起手工業與農業進一步之分工，促成工商業及城市之形成。而後者又影響農業，使農業生產捲入商品生產範圍中。工商業發達之處，尤其東南一帶，農業多營菓品、木棉及培育桑蠶，〔註17〕爲手工業提供原料，其本身亦加入商品之流轉，因此，蘇、松一帶，成爲當日紡織手工業之中心。城市手工業發達，人口集中城市，糧食之需要提高，城市又成糧食之銷售市場，農業經濟與市場發生聯繫。

　　明末之重稅、天災，迫使農民大量流亡，其流入城市者，或從事小手工業者，或充手工作坊之傭工，如上饒弋陽之陶瓷業，有四方流民經營爲生，〔註18〕浮梁有流民傭工於窰戶等等。〔註19〕

　　明中葉而後，經濟勃興，多以田業爲輕而轉營商。若《天下郡國利病書》謂，江南一帶『至正德末，嘉靖初……商賈既多，土田不重』，『嘉靖以來……商賈雖餘貲，多不置田業。』。〔註20〕變賣田產而經商、作工者，亦有之，如「准陽人戶，多棄業逃陡，以興販爲生」。〔註21〕

　　如是，手工業發達，工城市發展，進而爲社會結構注入新血。其生活形態遂漸有異於農業社會。

　　賤商心理，明太祖雖仍不見，〔註22〕商賈之有益經濟實已昭然，若漢抑商之甚，猶不免倚之。〔註23〕而宋元之商業發達，商賈之貢獻，因茲見重於

〔註16〕參見清黃六鴻《福惠全書》。
〔註17〕《古今圖書集成》，〈職方典〉，卷六七六；《天下郡國利病書》，卷一六、一九。
〔註18〕《世宗實錄》，卷四八七：「有橫峯窰者，咸四方流民寓其間，以陶爲業。」
〔註19〕同前書，卷二五○：「江西樂平縣民營傭工於浮梁。」
〔註20〕《天下郡國利病書》，卷一四、三二。
〔註21〕《世宗實錄》，卷一六九。
〔註22〕農政全書：「太祖加意重本抑末。十四年，令農民之家，許穿紬紗絹布；商賈之家，止許穿布。農民之家但有一人爲商賈者，亦不許穿細紗。」
〔註23〕武帝時，以財政之故，有孔僅、桑弘羊等，自市井躍登朝列。

也，太祖詔令並有內外官司不得借和僱和買，擾害商民者。〔註 24〕至清初官箴尚有恤商之意：

> 雜課……至如牛驢等項，小民日用之需。若翼微蹄算，賈販將裹足不前，民用因之日縮而價騰。牙行身帖，市儈養生之具。彼終歲早夜奔馳，不憚嚴霜烈日，而僅獲此蠅頭，以活父母妻子，尤必挖筋剔髓，而誅索無遺，是官與胥爭，搏蝕於小民矣。〔註25〕

且爭戰流離之際，田產既無以攜離，詩書且難致用，行商坐賈，終不失為營生度日之計，〔註 26〕繼以課稅減輕，商籍可聽由應舉，〔註 27〕富商賴以捐納登仕，〔註28〕商賈之發展與影響社會之潛力，遂不容忽視。

三、文風時尚

明末清初之學術風氣，梁啓超謂：

> 凡一個有價值的學派，已經成立而且風行，斷無驟然消逝之理，但到了末流，流弊當然相緣而生，繼起的人，往往對於該學派內容有所脩正，給他一種新生命，然後可以維持於不敝。王學在萬曆天啓間，幾已與禪宗打成一片，東林領袖顧涇陽憲成高景逸攀龍提倡格物，以救空談之弊，算是第一次脩正。劉蕺山宗周晚出，提倡慎獨以救放縱之弊，算是第二次脩正。明清嬗代之際，王門下唯蕺山一派獨盛，學風已漸趨健實。清初講學大師，中州有孫夏峯，關中有李二曲，東南則黃梨洲，三人皆聚集生徒，開堂講道，其形式與中晚明學者無別，所講之學，大端皆宗陽明，而各有所脩正。三先生在當時學界各占一部份勢力，而梨洲影響於後來者尤大，梨洲為清代浙東學派之開創者，其派復衍為二。一為史學，二即王學，而稍晚起者，有江右之李穆堂，則王學最後一健將也。（《中國近三百年學術史》，頁 40）

是明萬曆天啓乃至清初，學風之遞，係自蹈空、放縱、摭虛相夸，重以制科帖

〔註24〕 參見《明史》卷八十二。
〔註25〕 《福惠全書》卷八〈雜課部雜徵餘論〉之文，頁 105。
〔註26〕 見李漁《巧團圓》第二齣。
〔註27〕 《傳統中國政府對城市商人的統制》：「明清更有所謂『商籍』，專為鹽商子弟在本籍之外鹽營業之地報考生員，而且特為保留名額。」
〔註28〕 李漁《意中緣》、《奈何天》傳奇，均述有富商捐納入仕事。

括，籠罩天下，習於影響因襲，取富賈弋名譽，舉國靡化之弊，〔註29〕漸返篤
實踐履，經世致用，此固物極而反之道，亦使氣敗風，空談誤國，見制異族之
自覺與反響矣。其間，考證之學漸興，〔註30〕藏書刻書之業大盛，〔註31〕新知
頗傳，乃以西人東來，〔註32〕學者提倡，〔註33〕江浙之淵藪人文；〔註34〕陳第
（西元 1541～1617 年）毛詩古音考、徐霞客（西元 1515～1640 年）遊記、宋
長庚（晚明～順治康熙間）天工開物等實證治學開風氣之先，又為文風尚實、
繁興之因也。即如佛教界，亦轉倡平實處立地，重踐履之工夫矣。〔註35〕至若
其後有清之專致考證，則文網周密以致之爾。

　　然而，王學深入民間講學之風，於啟迪當日文風思潮與社會風氣，猶有
助益。若泰州學派韓樂吾之講學情景乃：

　　農工商賈從之遊者千餘，秋成農隙，則聚眾談學。一村既畢又之一
　　村。前歌後答，絃誦之聲洋洋然也。〔註36〕

羅榮芳之講學則：

　　至若牧童樵豎，釣老漁翁，市井少年、公門將健、行商坐賈、織婦
　　耕夫、竊屨名儒、衣冠大盜，此但心至則受，不問所由也。況夫布
　　衣韋帶，水宿巖棲，白面書生、青衿子弟、黃冠白羽、緇衣大士、
　　縉紳先生、象笏朱履者哉；是以車轍所至，奔走逢迎，先生抵掌其
　　間，坐而談笑。人望豐采，士樂簡易，解帶披襟，八風時至。〔註37〕

足見文化之交流，士大夫與農工商賈之接近，甚至泰州學派本身，即摻有下
層社會分子、如開創者王心齋，原係一鹽丁，朱恕之為樵夫、夏廷美之為田
夫，韓樂吾之為陶匠。是民間文學之見重士人，通俗文學視如經傳可代講學
教化之司，與脫略形式之思想，其原苗可概見矣。

　　文學上，思矯前後七子擬古成風之公安、竟陵，興於當日文壇，公安之
清真，竟陵之幽峭，雖非固然佳作，但其思想之獨抒性靈，不拘格套，是為

〔註29〕參見梁啟超《清代學術概論》頁 7。
〔註30〕參見梁啟超著《中國近三百年學術史》頁 7 至 8。
〔註31〕參見梁啟超著《中國近三百年學術史》頁 10。
〔註32〕參見《明史》卷二百五十一。
〔註33〕參見梁啟超著《中國近三百年學術史》頁 8 至 9，頁 9 註 5。
〔註34〕參見梁啟超著《中國近三百年學術史》頁 15。
〔註35〕參見梁啟超著《中國近三百年學術史》頁 10。
〔註36〕黃宗羲《明儒學案》卷六頁 77。
〔註37〕李贄《焚書》卷三〈羅近谿先生告文〉。

萬曆以來，文學思想之奇葩，突破傳統思潮之異軍；[註38] 散文之新興，乃承乎此！至其出言清麗靈巧，放言適性，略無忌憚。再者，其對小說戲曲及民間歌謠，特加正視。若李卓吾云：

> 無時不文，無人不文，無一樣創制體格文字而非文者。詩何必古選？文何必先秦？降而爲六朝，變而爲近體；又變而爲傳奇、變而爲院本，爲雜劇、爲西廂曲、爲水滸傳……皆古今至文，不可得而時勢先後論也。[註39]

袁宏道且視小說、戲曲、民歌，可與六經、離騷、史記比並，而曾從學於泰州派王學大師羅汝芳之湯顯祖，則視戲劇爲抒「情」之文學，「化」民之資，及後金聖歎者流，不過承此說耳。雖然，傳統文學觀念之勢猶盛，有斥言者：

> 禮云：國家將亡，必有妖孽，非必日蝕星變，龍鰲雉禍也。惟詩有然。萬曆中，公安矯歷下，婁東之弊，倡淺率之調，以爲浮響；造不根之句，以爲奇突；用助語之辭，以爲流轉。著一字務求之幽晦，構一題必期於不通。……取名一時，流毒天下，詩亡而國亦隨之矣。
>
> （靜志居詩話）

有不滿者云：

> 三袁詩文變板重爲輕巧，變粉飾爲本色，致天下耳目於一新，又復靡然而從之。然七子猶根於學問，三袁則惟恃聰明。學七子者不過贋古，學三袁者乃至於矜其小慧，破律而壞度，名爲救七子之弊，而弊又甚焉。（四庫提要）

繼明清政局變易，此反形式之思想更不容見存，而被約禁，然其影響猶未能絕也。

四、戲劇概況

當元雜劇興盛之日，偏處一隅之南戲隱而未彰，然其發展猶自不斷，舉凡南北合套，[註40] 南曲加入彈絃樂器 [註41] 等，南戲北劇之交流，無日不

[註38] 參見劉大杰《中國文學發展史》二十五章明代的文學思想三、反擬古主義的文學運動。

[註39] 李卓吾《焚書》卷三〈童心說〉。

[註40] 《永樂戲文三種》〈小孫屠〉已採南北合套形式。

[註41] 徐渭《南詞敘錄》：「時有以《琵琶記》進呈者，高皇笑曰：『五經、四書、布、帛、菽、粟也，家家皆有；高明琵琶記，如山珍、海錯，貴富家不可無。』

有，遂有明清傳奇之產生與隆興。

　　南方戲曲依地域之不同，各有唱腔。明成化、弘治間盛行：嘉興之海鹽，紹興之餘姚，寧波之慈谿，台州之黃巖，溫州之永嘉。〔註42〕嘉靖時期之流行則為：江西、兩京、湖南、閩、廣用弋陽腔，會稽、常、潤、池、太、揚、徐用餘姚腔，嘉、湖、溫，台用海鹽腔，吳中行崑山腔。〔註43〕崑腔以流麗悠遠，最足蕩人，〔註44〕宜於美聽，重以歷年之擷優翻新，融以南北樂器，因有「以笛管笙琵琶按節而唱南曲，字雖不應，頗相諧和，殊為可聽」〔註45〕之崑腔新貌。初，戲曲之唱，北曲可變用南唱，〔註46〕傳奇本子，得以他腔改調歌之。〔註47〕逮梁辰魚浣紗記出，據崑腔作曲，他調易之不得，時人取聲必宗之，崑腔遂領袖歌場，歷明萬曆以迄清乾隆年間，數百年而不衰矣。

　　萬曆以來，戲劇以崑腔之傳奇為主流。然，雜劇之作猶未絕跡，惟已變元人體製，別出面目矣。若王伯良譜《男后劇》，曲用北調，而白不純用北體，至《離魂》則並用南調之始作俑者，〔註48〕自茲，以南詞作劇者繼出。另則，溯乎元王生《圍棋》、《鬧局》之偶作單折，明正德嘉靖之徐渭、汪道崑輩，首有單折雜劇之「短劇」之創製。此類作品，在隆、萬年間以至清同、光之際，猶頗流行。簡短之形式，較冗長傳奇，無論創作或表演，均可為一大威脅。蓋其易於布局、安排，且免於腰折之演出矣。惜此南雜劇未能風行舞臺，其劇本雖多，劇作家雖眾，命意遣詞要不離「才學」，取材亦偏「文壇佳話」，

　　　既而曰：『惜哉，以宮錦而製韝也！』由是日令優人進演。尋患其不可入絃索，命教坊奉鑾史忠計之。色長劉杲者，遂撰腔以獻，南曲北調，可於箏琶被之；然終柔緩散戾，不若此之鏗鏘入耳也。

〔註42〕明陸容（成化二年進士）《菽園雜記》十卷：「嘉興之海鹽，紹興之餘姚，寧波之慈谿，台州之黃巖，溫州之永嘉，皆有習為優者，名曰『戲文子弟』，雖良家子亦不恥為之。

〔註43〕徐渭《南詞敘錄》：「今唱家稱弋陽腔者，則出江西、兩京、湖南、閩、廣用之。稱餘姚腔者，出於會稽，常、潤、池、太、揚、徐用之。稱海鹽者，嘉、湖、溫、台用之。惟崑山腔止行於吳中。」

〔註44〕徐渭南詞敘錄：「崑山腔……流麗悠遠，出乎三腔之上，聽之最足蕩人。

〔註45〕見徐渭《南詞敘錄》。

〔註46〕明顧起元《客座贅語》：「萬曆以前，公侯與縉紳及富家凡有燕會小集，……唱大套北曲。……後乃變而盡用南唱，歌者止用一小拍板，或以扇子代之，間有用鼓板者。」

〔註47〕朱彝尊《靜志居詩話》：「傳奇家別本，弋陽子弟可以改調歌之。惟浣紗不能，固是詞家老手也。」

〔註48〕見王驥德《曲律》。

〔註49〕劇本寫作乃演爲文體之一，合曲律之餘，但求字斟句酌安排才調，雖宜於案頭吟詠，離場上搬演者寖遠矣！

明季萬曆至清初康熙年間，戲劇發展蓬勃，劇本及創作家激增，作家隸籍多密集江、浙。作品以傳奇居大多數，兼撰雜劇、傳奇及但作雜劇者，亦不乏其人。（參見附錄三）。至若場上搬演，亦踵事增華，日益見重，其搬弄大別爲兩類，一則富室巨宦或風雅士人之家伎，一則職業性舞臺表演。後者檢視劇本所載即可窺其大略，服飾方面，若：

> 崑崙奴：「外扮郭令公幞頭紅袍」，「崔生金束髮冠紅袍上」，「崑崙奴大帽青衣上」。

> 曇花記：「末朱衣幞頭扮沙門天王上」（第十三齣）；「丑扮半天遊戲神繡襖上」（第十九齣）；「小生扮閻羅天子，冕旒，神將曹官左右侍從上」（第三十一齣）。

> 西樓記：「生晉巾青圓領上」（第二齣），「小淨方巾便服上」（第七齣）。

> 義俠記：「生戴青巾布衣鸞帶上」（第二齣），「小生包頭兜手末抹捧衣服上」（第二十九齣）。

> 玉合記，「生韓君平唐巾服上」（第二齣），「旦尼粧，貼道粧上」（第二十四齣）。

面部之化粧，可見於：

> 玉環記：「不信看我臉上都是墨」（第四齣）。

> 蕉帕記：「淨黑臉雙鞭，末紅臉大刀，老丑旗手引上」（第十八齣）。

> 曇花記：「淨扮盧杞藍面上」（第十四齣）。

> 焚香記：「區區相貌異乎人，粧出加花粉臺勻」（第四齣）。

> 南柯記：「檀羅王赤臉引隊眾上」（第十四齣）。

> 紫釵記：「大河西回回粉面大鼻髯鬚上，小河西回回青面大鼻髯鬚上」（第三十齣）。

舞台之裝置，砌末之外，另有進展，張岱陶庵夢憶「劉暉吉女戲」條載：

> 劉暉吉奇情幻想，欲補從梨園之缺陷。如唐明皇遊月宮，葉法善作場上，一時黑魆地暗，手起劍落，霹靂一聲，黑慢忽收，露出一月，

〔註49〕參見周貽白《中國戲劇發展史》，頁447。

其圓如規，四下以羊角染五色雲氣，中坐常儀，桂樹吳剛，白兔搗
藥。輕紗幔之內，燃賽月明數株，光燄青藜，色如初曙，撒布成梁，
遂躡月窟。境界神奇，忘其爲戲也。（卷五）

伶人之扮演技術，亦各有造就，敬業刻勵。家樂中最重排場、關目，用景配
搭及砌末，深得戲曲藝術才具者，有阮圓海家。張岱陶菴夢憶「阮圓海戲」：

阮圓海家優講關目，講情理，講筋節，與他班孟浪不同。然其所打
院本，又皆主人自製，筆筆勾勒，苦心盡出，與他班鹵莽者又不同。
故所搬演：本本出色，腳腳出色，齣齣出色，句句出色，字字出色。
余在其家看「十錯認」「摩尼珠」「燕子箋」三劇。其串架、鬥笋、
插科、打諢、意色、眼目，主人細細與之講明；知其義味，知其指
歸，故咬嚼吞吐，尋問不盡。至於「十錯認」之龍燈、之紫姑，「摩
尼珠」之走解、之猴戲，「燕子箋」之飛燕、之舞象、之波斯進寶，
紙札裝束，無不盡情刻畫，故其出色也愈甚。阮圓海大有才華……
如就戲論，則亦鏃鏃能新，不落窠臼者也。（卷八）

第二節　李漁之才性

一、崇自然、求適性

笠翁性不拘，但求適耳，動輒稱自然，若夫論飲食之道，則謂：

膾不如肉，肉不如蔬，亦以其漸近自然也。《閒情偶寄》〈飲饌部
蔬菜第一〉）

日常燕居，則主適然：

吾人燕居坐法，當以孔子爲師，勿務端莊而必正襟危坐，勿同束縛
而爲膠柱難移，抱膝長吟，雖坐也，而不妨同於箕踞，支頤喪我，
行樂也，而何必名爲坐忘。（《閒情偶寄》〈頤養部上行樂第一「坐」
則〉）

其居室制度，牕欄取材，則忌雕斲，唯乞天巧：

宜簡不宜繁，宜自然不宜雕斲……但取其簡者堅者自然者變之，事
事以雕鏤爲戒，則人工漸去而天巧自呈矣。（《閒情偶寄》〈居室部牕
欄第二「制體宜堅」則〉）

聯匾之制，亦忌鑿痕：

> 天然圖卷，絕無穿鑿之痕，制度之善，庸有過於此者乎。（《閒情偶
> 寄》〈居室部聯匾第四〉）

但涉拘束規範，則求另出己意，脫其羈絆：

> 予性最癖，不喜盆內之花，籠中之鳥，缸中之魚，及案上有座之石，
> 以其局促不舒，令人作囚鸞縶鳳之想。故盆花自幽蘭水仙而外，未嘗
> 寓目。鳥中畫眉，性酷嗜之，然必另出己意而爲籠，不同舊制，務使
> 不見拘囚之跡而後已。（《閒情偶寄》〈居室部牕欄第二「取景在借」
> 則〉）

蓋其意以爲，一違自然，既不耐觀且不耐久矣：

> 凡事物之理，簡斯可繼，繁則難久，順其性者必堅，戕其體者易壞，
> 木之爲器，凡合筍使就者，皆順其性以爲之者也。雕刻使成者，皆
> 戕其體而爲之者也，一涉雕鏤，則腐朽可立待矣。」（《閒情偶寄》
> 〈居室部牕欄第二「制體宜堅」則〉）

> 拂其性而用之，非止不耐觀，且難持久。（《閒情偶寄》〈居室部山石
> 第五「小山」則〉）

他如婦人之首飾，衣衫、乃至面粧，雖多議論，終歸於自然、雅淡，[註50]
必也「求天然者不得，故以人力補之」[註51] 歟。至若頤養行樂，則逗露天
機，消忘形跡：

> 在家庭小飲，與燕閒獨酌，其爲樂也，全在天機逗露之中，形跡消
> 忘之內。（〈閒情偶寄〉〈頤養部上行樂第一「飲」則〉）

其出必車馬，假足於人，以大悖造物賦形之義，[註52] 不取矣。若是，遂多
不拘外界之行，若挾婢高歌谿壑，傳爲話柄；[註53] 放縱個性，招致非議，
終不悔改：

> 我性本疎縱，議者憎披狷，汝能略其略，拾寸收微長，許以任天眞。
> （卷五〈贈吳玉繩〉）

> 曆週甲子歲華盈，面目雖除性未改，易醉易醒蕉葉量，忽悲忽遠小

〔註50〕詳見《閒情偶寄》〈聲容部（下）冶服第三「首飾」、「衣衫」則〉。
〔註51〕《閒情偶寄》〈居室部牕欄第二「取景在借」則〉。
〔註52〕見《閒情偶寄》卷十五〈頤養部（上）行樂第一「行」則〉。
〔註53〕詳見卷五〈登華嶽四首之四序文〉。

兒情，頭顱可贈欺難受，爭戰雖輸守獨贏……（卷六〈六秋自壽四
首之三〉）

性好著書立說，引以爲癖，因有等身著作，此又其適性一端：

予生無他癖，惟好著書，憂藉以消，怒藉以釋，牢騷不平之氣，藉
以劇除。（《閒情偶寄》〈頤養部下療病第六「素常樂爲之藥」則〉）

著述內容，壹皆以不拘爲宗：

學仙學呂祖，學佛學彌勒；呂祖遊戲仙，彌勒歡喜佛；神仙貴瀟落，
胡爲尚拘執；佛度苦惱人，豈可自憂鬱；我非佛非仙，饒有二公癖；
嘗以歡喜心，幻爲遊戲筆；著書三十年，干世無損益，但願世間人，
齊登極樂國；縱使難久長，亦且娛朝夕；一刻離苦惱，吾責亦云塞；
還期同心人，種萱勿種檗。（卷五〈偶興〉）

如是，笠翁秉自然不羈之性，樹幟文壇三十餘載，風流才子之名，實非倖致。

二、忌雷同、尚矯異

笠翁自謂：「性又不喜雷同，好爲矯異」，凡事物皆好「創異標新」，〔註54〕
然「要皆有所取義」。〔註55〕所謂「事事求爲木本」〔註56〕也。蓋笠翁以儒徒
自命，遂重人文，而以教化爲本矣。曰：

移風變俗大是易事，只在所見之確與所任之勇。（卷三〈粵游家報之
四〉）

戲劇普及民間，上達公卿大夫，下且及於婦人孺子、白丁之徒，其於風移俗變，
所資最鉅，笠翁因視猶古之木鐸，重其內容，力戒荒唐，免壞人心，〔註57〕稗
史流行當時，好之者甚夥，笠翁亦不敢以爲末技，〔註58〕而主撰詞通俗易了，
取材淺近，有裨乎教化。云：

不過借三寸枯管，爲聖天子粉飾太平；揭一片婆心，效老道人木鐸
里巷。既有悲歡離合，難辭譎浪詼諧。（卷二〈曲部誓詞〉）

此潛移默化，循循善誘之任者也。其禁之嚴刑，威之重罰者亦有之，若其愼

〔註54〕見卷一〈祭福建靖難巡海道陳大來先生文〉后，余霽嚴批語。
〔註55〕《閒情偶寄》〈居室部房舍第一〉。
〔註56〕《閒情偶寄》〈居室部聯匾第四〉。
〔註57〕《閒情偶寄》〈種植部木本第一〉。
〔註58〕《閒情偶寄》〈詞曲結構第一戒荒唐〉。

獄芻言〔註 59〕一文，力主嚴懲姦情，勸司風教者，嚴禁於未發之先，痛懲於已犯之後，以維繫名教。進而申之曰：

> 姦情為人命所自出，重姦情者，非重姦情，正所以重人命也。姦夫親夫，勢不兩立，非彼殺此，即此殺彼，其膏鋒刃者，特有待耳。況兩夫之間難為婦，以羞愧窘辱而自盡者，十中奚止一二哉。與其明冤於既死，何如消禍於未萌，以今日之鞭笞，代他年之殺戮，以一男一婦之鞭笞，代千萬人之殺戮，其隱然造福者，正是無量，豈止移風易俗，市勸化之虛名而已哉。（《慎獄芻言》〈論姦情〉）

此殆笠翁「所見之確與所任之勇」者乎。

笠翁既自任孔子之徒，又惡影響之談，妖邪惑眾之事，曰：

> 予為孔子徒，敬神而遠之，奧竈兩無媚，長謝為君辭。（卷四〈問病答〉）

> 予孔子之徒也，命之有無，不敢定論，但亦置之罕言而已。（卷二〈佛日稱觴記〉）

遂有回煞辨，不登高賦及禁宰耕牛乃在弭盜，非所云修福〔註 60〕等議論，其據者：

> 予係儒生，並非術士。術士所言者術，儒家所憑者理。（《閒情偶寄》卷十五〈頤養部上行樂第一〉）

憑理識事，故多異俗之言，自云：

> 湖濱頑叟，才謭腹虛，好與古戰，不安其愚。（卷一〈不登高賦〉）

至若捣管操翰，復以不襲古、不剿襲自許：

> 漁也何人敢匹君，才疏學淺馳虛聞，惟有寸長不襲古，自謂讀過書堪焚，人心不同有如貌，何必為文定求肖。（卷五〈一人知己行贈佟碧枚使君〉）

> 不佞半世操觚，不攘他人二字，空疏自愧者有之，誕妄貽譏者有之，至於剿竊襲白，嚼前人唾餘，而謬謂舌花新發者，則不特自信其無，而海內名賢，亦盡知其不屑者也。（〈閒情偶寄凡例 戒剿竊陳言〉）

> 漁自解覓梨棗以來，謬以作者自許，鴻文大篇非吾敢道，若時歌詞

〔註 59〕鍾離濬水十二樓序，見李漁全集十四冊首。
〔註 60〕見《皇朝經世文編》卷九十四。

曲以及稗官野史，則實有微長，不效美婦一顰，不拾名流一唾，當
世耳目爲我一新。（卷三〈與陳學山少宰〉）

時人亦譽爲匠心獨運：

李子笠翁……好著書……其匠心獨造無常師，善持論，不屑屑依附
古人成說，以此名動公卿間。（丁澎〈笠翁詩集序〉）

不依附古人，自抒議論之志，於其讀史志憤一詩，彰之最切（全詩參見第一
章第二節李漁之作品，創作部分下引）。前人戲曲本事、安排，笠翁亦多爲批
評補充，明珠記煎茶折、琵琶記剪髮折之改編，李日華南西廂之痛斥，均屬
之矣。其求新去舊，務出新義之深切著明，不僅針對前人，尤愈於己身：

非特前人所作，於今爲舊，即出我一人之手，今之視昨，亦有間焉，
昨已見而今未見也，知未見之爲新，即知已見之爲舊矣。（《閒情偶
寄》卷一〈詞曲部結構第一「脫窠白」則〉）

其務盡去陳言，可謂極矣。其作遂無論戲曲、詩詞、文賦，乃至梓行箋簡，
莫不極其新奇巧變之能矣。

三、惜物好生

本其隨順自然之性，笠翁因具最忌奢靡，惜物好生之思。鉅者自所輯笠
翁之《愼獄芻言》、《祥刑末議》（皇朝經世文編卷九十四）可見其梗概。慮事
周密、條理分明，固不待言，其每以厚生爲念，不惟生者不多擾，若死者之
體，亦忘妄加拆蒸，以免「生死俱累」〔註61〕矣。死囚之定讞，必愼之再三，
尤其承委之下僚：

須出己見成招，愼勿雷同附和，若觀望上司之批語以定從違，或摹
寫歷來之成案以了故事，其中倘有毫髮冤情，罪孽比初審者更重。
何也，天下之事，一誤尚可挽回，再誤則永難救正，獄情不始於我，
而死刑實成於我也。（《愼獄芻言》〈論人命〉）

審盜案之刑罰詞色，亦有分焉。其負傷極重，神氣索然者，則平心靜氣以鞫之，
勿遽加刑拷，蓋「以其正在垂斃之時，求生之念輕，緩死之念重，非責其供吐
之難，責其吐供必實之難也。」〔註62〕而步履如常，形體不甚跼促者，則當示
以震怒，加諸嚴刑，非此眞情不吐矣。刼財殺人之刑，亦必審究其上盜之實，

〔註61〕見《愼獄芻言》〈論盜案〉。
〔註62〕《愼獄芻言》〈論人命〉。

贓之有無，以定罪出入。即罪無可疑，萬無生理，則飢寒所使，難貸國法，所謂如得其情，哀矜弗喜也。其上盜而未得贓，與得贓而無主認者，可開以一面，非故縱也。「蓋以後世無恆產之授，不能責其必有恆心，兼以保甲之法不行、或行之不力，令此輩得以藏奸，是爲上者亦有過焉，不得概罪斯民故也。」〔註63〕往往以民命爲念，止殺厚生，得情量刑爲旨也。至若刑具，監獄之論，更以示戒懲惡，導善啓恥爲宗，不輕用之，蓋其關乎各人名節矣。刑具之維護，監獄之整潔，則受刑者生死所繫，鉅細輕忽不得矣。〔註64〕

　　日常坐臥取用，除多巧意，且秉「珍惜器具之婆心，慮其暴殄天物以惜福也」。〔註65〕飲食則首蔬穀，次肉食，崇儉有之，實「重宰割而惜生命，……其念茲在茲而不忍或忘者矣。」（閒情偶寄飲饌部蔬菜第一）至於肉食，則謂肉食者鄙，「望天下之人，多食不不如少食」，以肉食實非「養生善後之道也。」（同前書　肉食第三）觀此，笠翁藹然仁者之風，栩栩然見矣。持是以衡笠翁曲部誓詞之言，則後人菲薄之論，不攻自破矣。

四、深於涉世

　　笠翁以未第不仕，家貧累重，遂倚著述盛名，出入仕宦之門，交遊廣闊，行走天下，十幾八九，聞見匪淺。生性好異，敏於巧思，別出胸臆，世情物理人心，不惟知之甚稔，且別具見解。嘗訴諸筆端，以爲一家之言，曰：

> 老子之學，避世無爲之學也，笠翁之學，家居有事之學也，二說並存，則游於方之內外，無適不可。（《閒情偶寄》〈頤養部下節色慾第四〉）

至個人修養方面，笠翁標舉止憂五法：

> 一曰謙以省過；二曰勤以礪身；三曰儉以儲費；四曰恕以息爭；五曰寬以彌謗。（《閒情偶寄》〈頤養部下止憂第二「止身外不測之憂」則〉）

以爲眾庶之本在「心」，但定其心，則無可擾。如是，主隨順自然：

> 苟能見景生情，逢場作戲，即可悲可涕之事，亦變歡娛，如其應事寡才，養生無術，即微歌選舞之場，亦生悲戚。（《閒情偶寄》〈頤養部上行樂第一「隨時即景就事行樂之法」則〉）

又，凡事存退一步想，遇逆境則設身處地，幻爲不如己者之苦，則己身之苦

〔註63〕《慎獄芻言》〈論盜案〉。
〔註64〕同註63。
〔註65〕詳見《祥刑末議》〈論刑具〉、〈論監獄〉。

猶愈於彼，是「一分樂境，可抵二三分，五七分樂境，便可抵十分十二分矣。然一到樂極忘憂之際，其樂自能漸減，十分樂境，只作得五七分，二三分樂境，又只作得一分矣。須將一切苦境，又復從頭想起，其樂之漸增不減，又復如初，此善討便宜之第一法也。」（閒情偶寄頤養部上行樂第一「冬季行樂之法」則）以：

> 順治者逆終，進銳者退速，此理與數之斷斷不易者，一事有一事之始終，一行有一行之進退。（卷三〈粵遊家報之二〉）

是但退一步，則「無地不有，無人不有，想至退步。樂境自生」〔註66〕矣。然，亦有積極椎勵之方，即以前事爲師矣。曰：

> 凡人一生奇禍大難，非特不可遺忘，還宜大書特書，高懸座右，其裨益於身者有三：蘗由己作，則可知非痛改，視作前車。禍自天來，則可止怨釋尤，以弭後患，至於憶苦追煩，引出無窮樂境，則又警心惕目之餘事矣。（《閒情偶寄》〈頤養部上行樂第一「貧賤行樂之法」則〉）

此昧於人心，惘乎事理者，得洞言之乎？其詩云：

> 長安貴游俠，爾獨持清狂；豈其絕交與，從未傾肝腸；自言今世情，
> 所忌惟冰霜；我乏桃李姿，誰能憐孤芳，人以面交我，我亦交以面；
> 借僞全吾眞，庶幾兩無怨；我聆此謔論，不覺心神怡，舉世皆尚僞，
> 僞苦不自知；知苦惟爾獨，全眞不外斯；深喜得印友，握手嗟來遲。
>
> （卷五〈贈郭去疑〉）

是笠翁衷心欲言者乎？

　　笠翁終以儒家自居，實非高蹈避世之人，且囿於貧困，亦乏退隱之資。移風易俗，有裨風教，既其所顧，著述論說，定涉世務，設詞不免瑣屑，至若謔浪調笑，又不可免矣。此笠翁詬病於「高尙之士」，慧眼獨具，卓然特立者也。不止於此，又：

> 但願貿易之人，併性情風俗而變之，變亦不求盡變，亦井之念不可無，壟斷之心不可有，覓應得之利，謀有道之生，即是人間大隱。若是，則高人韻士，皆樂得與之游矣。復何勞擾錙銖之足避哉。（《閒情偶寄》〈種植部藤本第二〉）

雅俗之際，笠翁析之豁然達矣。

　　雖然，笠翁不可無視世情，免於外務，其自愧自憐之語，遂不乏見：

〔註66〕《閒情偶寄》卷十〈器玩部制度第一（上）「几案」則〉。

但勿浪遊同爾父，全無實際售虛名。(卷六〈南歸道上生兒自賀二首其二〉)

我愧無能止立言，立德立功惟望子。(卷五〈勝春歌〉)

過嚴陵，釣臺咫尺難登。爲舟師計程遙發，不容先輩留行，仰高山，形容自媿，俯流水，面目堪憎，同執綸竿共披簑笠，君名何重我何輕，不自量，將身高比，纔識敬先生，相去遠，君辭厚祿，我釣虛名。　再批評一生友道，高卑已隔于層，君全交未攀袞冕，我累友不恕簪纓，終日抽風只愁載月，司天誰奏爲星，羨爾足加帝腹，太史受虛驚，知他日再過此地，有目羞瞠。(卷八〈過子陵釣臺〉)

夫有才有技而不能自知于人，反爲當世所損者，古今來間亦有之，以其爲人巨測，胸伏甲兵，不則見事生風，工于影射，不則據隴盻蜀，誅求無已，是皆自絕絕人之道，雖有可用，雖其即之，漁則未嘗有此……試問下交笠翁之人曾受三者之累否，以可親可近而無可厭倦之飢死牖下，我不乞憐于人，而人亦卒無憐之者，是笠翁之可憫又不止才技兩端而已也。嗟乎，笠翁但不死耳，如其既死，必有憐才歎息之人，以生不同時爲恨者。此等知己吾能必之于他年求之，此日正不易得。(卷三〈與陳學山少宰〉)

笠翁之坦白敢言，於茲又見一斑矣。名利壞人，居官守職，難善其終，加以明清鼎革，受制異族，士宦之辱尤甚，涉世如笠翁者，固習知而悟，況非性所適。是笠翁理想，上焉者，若其小說十二樓〈聞過樓〉中，有山林隱逸之氣，爲眾人向善之畏友，時出諍言，見納時人之顧呆叟。下焉者，乃富貴風雅人家，待以上賓，得展其園亭、戲曲長才也。惜乎終不能得也。【缺〔註67〕位置】

五、餘　論

　　笠翁以交遊廣，逸士貳臣並友；任適性，言多不忌瑣委；富於稗史，尤難容於道學之士。其著作遂有因他人而禁者，若一家言以錢謙益評語見禁；〔註68〕

〔註67〕《閒情偶寄》〈頤養部（上）〉行樂第一「貧賤行樂之法」則。
〔註68〕日本京大藏《禁燬書目補遺錄》：『笠翁一家言：嘉興縣李漁著，語多荒謬，

有涉於色情而禁者，若肉蒲團，十二樓；有以優語俗言見譏者，若十種曲。笠翁作品罕見存於世久矣。其譏論之異葩，若戲劇理論者，遂沈湮百數十年，此誠我國近世古典劇論發展之憾事也。

第四章　李漁之戲劇理論

　　中國戲劇之發展，以時之變易，地之不同，乃形制互異，遂有不同之名稱，若金院本、元雜劇、南戲文、明清傳奇，又有因製作方式稱填詞、製曲者。其於發展之初，本有區別，但以後人好古，文人尚奇，多廣納泛用，名雖各異，所指皆同。致初涉詞曲者惑然，莫知其所指。笠翁處傳奇之盛世，崑腔當行，其論劇之作，專主明清傳奇，行文中，或填詞、或戲曲、或曲文、或劇本、或院本、或曲、或詞曲、或雜劇、或戲文、或傳奇，實通稱戲劇也。其有別言雜劇，另稱零齣，蓋與傳奇之長幅有別也。例如：

> 元人百種……不能盡佳，十有一二，可列高王之上，其不致家絃戶誦，與二劇（指西廂記、琵琶記）爭雄者，以其是雜劇而非全本。（閒情偶寄　詞曲部　詞采貴淺顯）

> 以作零齣則可，謂之全本，則為斷線之珠，無梁之屋。（前書　結構主主腦）

> 填詞除雜劇不論，止論全本，其文字之佳，音律之妙，未有過於北西廂者。（前書　音律）

而比列元曲、今曲，以別古今；另呼古曲，專指前人作品，審之可解矣。以下敘述，行文、引文錯綜，為免前後不符，爰先摘列如上，乃歧名同實者也。

第一節　戲劇之地位與功能

　　元雜劇因元代文人之參與，一時蔚然成風，自成大國。但其鑑賞者，原

則上，尚不以文人學士爲主。〔註1〕降及明代，漸由一般民間雜耍地位，晉及文人學士間之風雅酬應。明清當代秉政者，雖以維護淳風，屢行約禁，然流風所趨，沛然難遏。笠翁《閒情偶寄》敘及八事：詞曲、演習、聲容、居室、器玩，飮饌、種植、頤養。視前幾項爲風雅之事，〔註2〕可謂時風之反映。

　　所謂「風雅」之事，雖爲文人所好，然終不登大雅之堂。笠翁致力於詞曲，振其地位，遂有辯曰：

> 填詞一道，文人之末技也。然能抑而爲此，猶覺愈于馳馬試劍，縱酒呼盧。孔子有言，不有博奕者乎，爲之猶賢乎已。博奕雖戲具，猶賢于飽食終日，無所用之，填詞雖小道，不又賢于博奕乎。（詞曲部　結構）

依儒家門戶，以立其言，不僅與清帝室標榜之馳馬試劍，以武強種之立國傳統背馳，且隱然欲納填詞于傳統文學之廟堂。其說一以文體之善用而論者：

> 雖言詞曲，實與各種文體相關，言小寓大，在在皆然，不獨于此。（翼聖堂本閒情偶記總目詞曲部下注語）

> 吾謂技無大小，貴在能精，才乏纖洪，利于善用。能精善用，雖寸長尺短，亦可成名。否則才誇八斗，胸號五車，爲文僅稱點鬼之談，著書惟供覆瓿之用，雖多亦奚以爲。（詞曲部　結構）

再以史實論之者：

> 高則誠、王實甫諸人，元之名士也。舍填詞一無表見，使兩人不撰西廂、琵琶，則沿至今日，誰復知其姓字。是則誠、實甫之傳，琵琶、西廂傳之也。湯若士，明之才人也，詩文尺牘，儘有可觀，而其膾炙人口者，不在尺牘詩文，而在還魂一劇，使若士不草還魂，則當日之若士，已雖有而若無，況後代乎？是若士之傳，還魂傳之也。此人以填詞而得名者是也。歷朝文字之盛，其名各有所歸，漢史唐詩，宋文元曲，此世人口頭語也。漢書史記，千古不磨，尚矣。唐則詩人濟濟，宋有文士蹌蹌，宜其鼎足文壇，爲三代後之三代也。元有天下，非特政刑禮樂，一無可宗，即語言文字之末，圖書翰墨之微，亦少概見，使非崇尚詞曲，得琵琶西廂以及元人百種諸書，傳于後代。則當日之元，亦與五代金遼，同其泯滅，焉能附三朝驥尾，而掛學士文人之齒

〔註1〕《元雜劇研究》，頁8。吉川幸次郎著、鄭清茂譯。
〔註2〕〈一期警惕人心〉：「前數帙，俱談風雅事」。

　　煩哉。此帝王國事，以填詞而得名者也。（詞曲部　結構）
視填詞可與史傳詩文並立於後世矣。

　　又持「時運」之說：

> 文章者，心之花也。遡其根荄，則始于天地，天地英華之氣，無時
> 不洩，洩于物者則爲山川草木，洩於人者，則爲詩賦辭章。故曰，
> 文章者，心之花也。花之種類不一，而其盛也，亦各以時，時即運
> 也。桃李之運在春，芙蕖之運在夏，梅菊之運在秋冬。文之爲運也
> 亦然，經莫盛于上古，是上古爲六經之運，史莫盛于漢，是漢爲史
> 之運，詩莫盛于唐，是唐爲詩之運，曲莫盛于元，是元爲曲之運，
> 運行至斯而斯文遂盛。爲君相者特起而乘之，有若或使之者在，非
> 能強不當盛者而使之盛也。（〈名詞選勝序〉（一））

謂詞曲不特非爲末技，直可與史傳詩文並稱，乃「同源而異派者也」（詞曲部
結構）持是，笠翁擢戲劇于正統文學之林矣。

　　至於，戲劇之功能何在？笠翁以爲：

> 傳奇一書，昔人以代木鐸，因愚夫愚婦，識字知書者少，勸使爲善，
> 誡使勿惡，其道無由，故設此種文詞，借優人說法，與大眾齊聽，
> 謂善者如此收場，不善者如此結果，使人知所趨避，是藥人壽世之
> 方，救苦弭災之具也。（閒情偶寄　詞曲部　結構）

隨其正統文學地位之樹立，終不脫儒家理念；從日用行爲極平實處，陶養成理
想人格之思想，〔註3〕「勸善誡惡」之教化作用，遂爲笠翁所標戲劇之功能矣。

第二節　戲劇構成之要素

　　完成戲劇，先有劇本之撰著，繼而付諸場上搬演，二者非可偏廢。笠翁
以爲：

> 傳奇一事也，其中義理，分爲三項，曲也、白也、穿插聯絡之關目
> 也。（詞曲部　結構　密針線）

「曲」可包括詞采、音韻、曲譜，「白」只須詞采，而穿插聯絡之關目，大而
言之乃結構，即劇情之轉折，約而論之可指格局，係戲劇中之定格套式。

　　填詞本首重音律，即音韻、曲譜。所謂：

────────────

〔註3〕參梁啓超《中國近三百年學術史》，中華書局。

　　從來詞曲之旨，首嚴宮調，次及聲音，次及字格。（詞曲部　音律）
然笠翁主張，文章各有定格，不可不遵，傳奇之音韻可循中原音韻，曲譜但
依嘯餘、九宮，終為「有書可考，其理彰明較著」（詞曲部　結構）。至引角
刻羽，夏玉敲金，雖為神而明之，匪可言喻，究為遵成法之化境，可由勉強
而臻自然。因云：

　　　　填詞首重音律，而予獨先結構。（詞曲部　結構）

蓋結構為引商刻羽之先，拈韻抽毫之始。譬如造物之賦形，工師之建宅，於
精血初凝，胞胎未就之際，先制定全形，在基址初平，間架未立之初，首了
然成局，當不致有斷續之痕，血氣為之中阻，使先成之架不便於後籌之架，
未成而先毀矣。（見詞曲部　結構）

　　今考笠翁劇作，頗有與其小說同題材者，若巧團圓取材十二樓之生我樓，
比目魚取材無聲戲之「譚楚玉戲裏傳情」，凰求鳳取材無聲戲之「寡婦設計贅
新郎」，奈何天取材無聲戲之「美婦同遭花燭冤」，其劇本結構規模皆粗具於
小說。笠翁此論，殆非虛言，乃經驗之論也。

　　詞采之於音律，又以「文詞稍勝者即稱才人，音律極精者，終為藝士」（詞
曲部　結構），不外音律有則可摹，易於技熟，詞采乃出才智，妙手天成，故
詞采又置音律之前。不惟張其說於當日，進而批評前代：

　　　　元人所長者，止居其一。曲是也。白與關目，皆其所短，吾於元人，
　　　　但守其詞中繩墨而已矣。（詞曲部　結構　密針線）

今日傳奇事事皆遜元人，獨於結構之埋伏照映，勝彼一籌，蓋元人所長，全
不在此，後人不得藉口元人，徒取其瑕也。於荊劉拜殺之傳世，亦稱為：「全
賴音律，文章一道，置之不論可矣」（詞曲部　詞采）。

　　結構為情節之轉折，事理變化，固多異狀，文體相同者，仍備定格，傳
奇之局，亦有成規。笠翁論曰：

　　　　予謂文字之新奇，在中藏不在外貌，在精液不在滓渣。猶之詩賦古
　　　　文以及時藝，其中人才輩出，一人勝似一人，一作奇于一作，然止
　　　　別其詞華，未聞異其資格。（詞曲部　格局）

是主遵其格局之不可移者。如工師不改繩墨，斧斤自若，奇巧仍出，音律之
理亦然。

　　承上所述，戲劇乃曲、白、關目三者之綜合，涵括：結構、詞采、音律、
格局。其中結構居首，詞采次之，音律、格局又次之。

第三節　編劇者之修養

大凡事理之精，皆難以言宣，非止塡詞之學；文章之道，不可出以陳言，此不獨散文，詞曲亦然。笠翁深諳此理，以爲精者不可言，其麤者尙可道也；成法不膠，足堪指迷。況其時有志劇作者眾，而言塡詞製曲之事，非略而未詳即置之不道，初學多半途而廢，以毫釐致謬千里，遂使作者寥寥，絕唱不聞。故慨然出其生平所得，謂：

> 以我論之，文章者，天下之公器，非我之所能私。是非者，千古之
> 定評，豈人之所能倒，不若出我所有，公之於人，收天下後世之名
> 賢，悉爲同調，勝我者，我師之，仍不失爲起予之高足，類我者，
> 我友之，亦不媿爲攻玉之他山。（詞曲部　結構）

一、審性向

人各有長短，雖父兄不可移易且不能強也。笠翁於此亦有言：

> 塡詞種子，要在性中帶來，性中無此，做殺不佳。（詞曲部　詞采　重
> 機趣）

性者，夙根也，乃出天授，非後天可得：

> 凡作詩文書畫飲酒鬪棋與百工技藝之事，無一不具夙根，無一不本
> 天授，強而後能者，畢竟是半路出家，止可冒齋飯喫，不能成佛作
> 祖也。（詞曲部　詞采　貴顯淺）

各依所性，習其能長，此有志編劇乃至擇百工技藝者，不可不知也。

何從識其塡詞根性？笠翁有方：

> 觀其說話行文，即知之矣。說話不迂腐，十句之中，定有一二句超
> 脫，行文不板實，一篇之內，但有一二段空靈，此即可以塡詞之人
> 也。……如王陽明之講道學，則得詞中三昧矣。陽明登壇講學，反
> 覆辨說良知二字。）愚人訊之曰：請問良知這件東西，還是白的，
> 還是黑的。陽明曰：也不白，也不黑。只是一點帶赤的，便是良知
> 了。（詞曲部　詞采　重機趣）

二、廣聞見

戲劇所演不外人情，「只當求於耳目之前，不當索諸聞見之外」（詞曲部

結構　戒荒唐）。如何廣其耳目，一當勤於攻書：

> 若論填詞家宜用之書，則無論經傳子史，以及詩賦古文，無一不當
> 熟讀，即道家佛氏，九流百工之書，下至孩童所習千字文、百家姓，
> 無一不在所用之中。（詞曲部　詞采　貴顯淺）

所涉務廣，但下筆又當濯盡筆端深文。其欲得信手拈來，自然而然之妙法，
則必須熟讀劇本：

> 多購元曲，寢食其中，自能為其所化。（詞曲部　詞采　貴顯淺）

此外，多聞時事，深思善慮，敏於推理，亦不可或缺：

> 世間奇事無多，常事為多，物理易盡，人情難盡。……性之所發，
> 愈出愈奇，儘有前人未作之事，留之以待後人。……即前人已見之
> 事，儘有摹寫未盡之情，描畫不全之態，若能設身處地，伐隱攻微，
> 彼泉下之人，自能效靈於我，援以生花之筆，假以蘊綉之腸。（詞曲
> 部　結構　戒荒唐）

笠翁之劇，特重人情。觀其所為，按其所論，此「情」不出君臣父子、忠孝節
義（詞曲部　結構　戒荒唐），偏重於社會性，與「求於耳目之前」原則及「木
鐸」之說，實為因果。所求之奇，皆本此性而出，以為「愈出愈奇」，遂專於發
掘「前人未作之事，留之以待後人」者。致有關目奇幻，引人入勝之評。而所
謂「摹寫未盡之情，描畫不全之態」，一皆依於世情常理，譬如論琵琶記：「子
中狀元三載而家人不知；身贅相府，享盡榮華，不能自遣一僕而附家報於路人；
趙五娘千里尋夫，隻身無伴，未審果能全節與否，其誰證之。」（詞曲部　結構
　密針線），以「背理妨倫之甚」責之；評五娘所云「只恐奴身死也，兀自沒人
理，誰還你恩債」之語，有抹殺張大公一片熱腸之嫌，亦指人情世故之情。而
論明珠記煎茶一折；於嬪妃中傳遞消息，捨故昔親近之婢，反用一男子之不當
（見演習部　變調　變舊成新），亦準以世情之理。足見笠翁編劇，偏於社教，
輕乎個性發揮。因此，其告誡編劇者之聞思慮皆密于世情，疏于心性也。

三、存厚心

「千古文章，止為敘人而設」，未可借為報讎洩怨之具也。蓋筆之殺人，
非但傷人，且千秋難平其創，雖有孝子賢孫，不能為雪。傳奇地位既若史傳
詩文，負木鐸之職，焉得不存傳世之心乎。其所以可傳諸世，必出於有節操
之人：

> 以生花之筆撰爲倒峽之詞，使人人贊美，百世流芬，傳非文字之傳，
> 一念之正氣使傳世。（詞曲部　結構　戒諷刺）

因此告誡世人：

> 凡作傳奇者，……務存忠厚之心，勿爲殘毒之事，以之報恩則可，
> 以之報怨則不可，以之勸善懲惡則可，以之欺善作惡則不可。（詞曲
> 部　結構　戒諷刺）

笠翁之世，文必有所射，劇皆有所指，襲然成風，固令戲劇淪爲殺人工具，其澆薄人心尤鉅。戲劇既爲教化而設，得不愼乎其心？笠翁不僅痛斥時人琵琶譏王之說，諄諄告人持厚，且自立誓言，剖陳其意，今錄於下：

> 竊聞諸子皆屬寓言，稗官好爲曲喻，齊諧志怪，有其事，豈必有其
> 人，博望鑿空，詭其名，焉得不詭其實，矧不肖硯田餬口，原非發
> 憤而著書，筆蕊生心。匪記微言以諷世，不過借三寸枯管，爲聖天
> 子粉飾太平，揭一片婆心，效老道人，木鐸里巷。既有悲歡離合，
> 難辭譙浪詼諧，加生旦以美名，既非市恩于有託，抹淨丑以花面，
> 亦屬調笑于無心。凡以點綴劇場，使不岑寂而已。但慮七情以內，
> 無境不生。六合之中，何所不有，幻設一事即有一事之偶同，喬命
> 一名，即有一名之巧合，焉知不以無基之樓閣，認爲有樣之葫蘆，
> 是用瀝血鳴神，剖心告世，稍有一毫所指，甘爲三世之瘖，即漏顯
> 誅，難逭陰罰，作者目干於有赫，觀者幸諒其無他。（曲部誓詞）

惜乎笠翁誓言旦旦，猶有好事之徒，輒問某劇指何人，動責其借劇諷人謀利。〔註4〕豈積習難返，成見難除也耶？

〔註 4〕「湖上笠翁李漁，以詞曲負盛名，著傳奇十餘種。紙貴一時，錢虞山吳梅村諸公，翕然推之。漁嘗有句云：可惜元人個個都亡了，若至今時還壽考，遇余定不題凡鳥。自負可知。狀其爲人，寔猥薄无恥，又工揣摩，時以術籠取人貲，其譜奈何天也，先出上半本，所云闕里侯者，蓋指衍聖公而言，扮衍醜惡，備極不堪，衍聖公患之，略以重金，復出下半本，則所謂闕里侯者，已獲神祐，完好如常人矣。即此一事，笠翁之爲人，已可概見。余嘗讀一家言，中有曲部誓詞云：竊聞諸子皆屬寓言，稗官好爲曲喻，齊諧志怪，有其事豈必盡有其人，博望鑿空，詭其名焉得不詭其寔，矧不肖硯田餬口，原非發憤而著書，筆蕊生心，匪託散言以諷世，不過三寸枯管，爲聖天子粉飾太平，揭一片婆心，效老道人木鐸里巷。既有悲懽離合，難辭譙浪詼諧，加生旦以美名，既非市恩于有託，抹淨丑以花面，亦屬調笑于無心。凡以點綴劇場，使不岑寂而已。但慮七情以內，无境不生，六合之中，何宜不有，幻設一事，即有一事之偶全，喬命一名，即有一名之巧合，焉知不以無基之樓閣，認爲有樣之葫蘆，是用瀝血鳴

四、貴能演出

或有劇本，閱之分明，奏之則令人不解。此作者未設身處地之故也。必得：

> 手則握筆，口却登場，全以身代梨園，復以神魂四繞，考其關目，
> 試其聲音，好則直畫，否則擱筆，此其所以觀聽咸宜也。（詞曲部　賓
> 白　詞別繁減）

是編刻者，必諳場上情事，以身代之，以口替之，其作才足登場；反之，但為案上清供耳。

第四節　劇本之寫作

一、取　材

傳奇可採之事，有古有今，有虛有實。何謂古、今、虛、實？笠翁界定之曰：

> 「古者，書籍所載，古人現成之事也。今者，耳目傳聞，當時僅見
> 之事也。實者，就事敷陳，不假造作，有根有據之謂也。虛者，空
> 中樓閣，隨意構成，無影無形之謂也。」（詞曲部　結構　審虛實）

然而，戲劇並非史實之重視，其欲勸人為孝，但舉一有孝行者，盡孝親所應有者屬之，所重在寓，非必盡有其事也。囿於所敘，反致膠柱，「盡信書，不如無書」其理已昭矣。然其中尚有別也，即古今之分：

> 〔實則實到底〕蓋古事見載者，當日雖未必盡是，然傳至於今，已為
> 熟事，人皆知之，今人取填，則當本於載籍，考其班班，於人名之用，
> 亦須滿場皆古人，捏一姓名不得。「非用古人姓字為難，使與滿場腳
> 色，同時共事之為難也；非查古人事實為難，使與本等情由，貫串合
> 一之為難也。」（詞曲部　結構　審虛實）此「實則實到底」也。

> 〔虛則虛到底〕所紀為當時耳目聞見之事，作者儘可另幻事跡，捏
> 造人名，羅織以寓言。但忌以一二古人作主，幻設幾名姓字為陪，

神，剖心告世，稍有一毫所指，甘作三世之瘖。即漏顯誅，難逃陰罰，作者自干于有赫，觀者幸諒其无他。詞有序，謂余生平所作傳奇，皆屬寓言，其事絕无所指，恐觀者不諒，謬謂寓譏刺其中，故作此詞以自誓，殆所謂欲蓋彌章者非邪。」（花朝生筆記）見引小說考證卷六，頁116。

　　成虛不虛，實不實之醜態，此爲「虛則虛到底」也。

　　笠翁劇作，取實者有《蜃中樓》、《玉搔頭》、《意中緣》。《蜃》劇貫串古劇陳事，《玉》、《意》則結合傳說史料，皆後人能詳熟知之事也。此類劇作既敘熟事，欲動人耳目必得「使人但賞極新極豔之詞，而竟忘其爲極腐極陳之事」，笠翁以爲「此爲最上一乘，予有志焉，而未之逮也。」（詞曲部　結構　戒荒唐）

　　虛事固可自由幻生，隨意構成，亦當有所用心者：一則戒荒唐：所謂「物理易盡，人情難盡」，但能用心體會，必有可取之材。事涉荒唐，言及怪誕者，非爲世所不傳，亦徒爲文人藏拙之技也。二在脫窠臼：傳奇者，在「因其事甚奇特，未經人見而傳之」（詞曲部　結構　脫窠臼）當避與古今劇本情節雷同，來效顰之誚。割取前人諸劇，湊補成篇，「但有耳目所未聞之姓名，從無目不經見之事實」，（詞曲部　結構　脫窠臼）又焉用傳之。笠翁作品，脫窠臼者頗可得之，若《奈何天》，《巧團圓》、《憐香伴》、《風箏誤》、《凰求鳳》、《愼鸞交》、《比目魚》，俱見巧意，新人耳目。至於戒荒唐，則或因標準不同，或因其拙難掩，如《奈何天》之洗滌陋形，憐香伴之鼠鼠使者、判官改卷，《比目魚》之化魚，借神怪幻化銜其關目，未能盡脫其戒，殆笠翁深心亦以能免爲善也。

　　「塡詞之設，專爲登場」，（演習部　選劇）登場之事，必涉時空之制，而「戲之好者必長，又不宜草草完事」（演習部　變調　縮長爲短）是每有貴客忙人當座，戲不終場輒止，此皆憾事。笠翁以爲「與其長而不終，無寧短而有尾」（演習部　變調　縮長爲短）故于傳奇之作，預爲可長可短之法：

　　　　取其情節可省之數折，另作暗號記之，遇清閒無事之人，則增入全

　　　　演，否則拔而去之。（演習部　變調　縮長爲短）

然省去數折，易成「斷文截角之患」（演習部　變調　縮長爲短）致文不周密，劇乏圓融，遂當另爲著意，增添數語，代其所省節情：

　　　　于所刪之下折，另增數語，點出中間一段情節，如云昨日某人來説

　　　　某話，我如何答應之類是也。或于所刪之前一折，預爲吸起，如云

　　　　我明日當差某人去幹某事之類是也。如此則數語可當一折，觀者雖

　　　　未及看，實與看過無異。（演習部　變調　縮長爲短）

此搬弄全本之計也，若逢多冗之客，惟用零齣，以免戲文限制也。

　　笠翁理想中劇本之長度另有標準，既不取傳奇之冗長，且不似元人雜劇之過簡，至若零齣尤嫌太短：

全本太長，零齣太短，酌乎二者之間，當做元人百種之意，而稍稍
擴充之。另編十折一本，或十二折一本之新劇，以備應付於人之用。
或即將古本舊戲，用長房妙手，縮而成之。……此等傳奇，可以一
席兩本，如佳客並坐，勢不低昂，皆當在命題之列者，則一後一先，
皆可爲政，是一舉兩得之法也。（演習部　變調　縮長爲短）

則可長短適中，無侵擾正事之慮，而結構完密，又免腰折斷章之厄。惜未見
其成品，或未暇及也歟。

二、關　目

戲劇可敘者既泛，其關目聯絡勢必有方，否則茫然無緒，觀者莫名，優
人不採矣。笠翁首拈「立主腦」之說：

主腦非他，即作者立言之本意。……一本戲中，有無數人名，究竟
俱屬陪賓。原其初心，止爲一人而設，即此一人之身。自始至終，
離合悲歡，中具無限情由，無窮關目，究竟俱屬衍文。原其初心，
又止爲一事而設，此一人一事即作傳奇之主腦。（詞曲部　結構　立
主腦）

譬如《琵琶記》因蔡伯喈一人，重婚牛府一事，引出許多枝節，《西廂記》爲
張君瑞一人，白馬解圍一事，衍生無限情節，是其主腦也。人多知爲一人而
作，卻忽其以一事而敷，遂有盡此一人所行之事，致如斷線之珠，不見其緒，
徒具散金碎玉之質矣。

主腦立定，所衍枝節當自主腦出，且務專一。以其一線到底，無旁見側
出之情，即令三尺童子觀之，亦能了了於心，便便于口也。且戲場腳色有一
定之數，便換千百姓名，猶止此數人裝扮，其忽張忽李，人莫識所從來，徒
增紛擾而已。非但「作者茫然無緒，觀者寂然無聲」（詞曲部　結構　立主腦），
演者亦疲而無功矣。是頭緒繁多實傳奇之大病也。

情節之進行，當合于情理，不可突兀，或見斷續之痕。故「每編一折，
必須前顧數折，後顧數折。顧前者，欲其照映，顧後者，便於埋伏。照映埋
伏，不止照映一人，埋伏一事。凡是此劇中有名之人，關涉之事，與前此後
此所說之話，節節俱要想到，甯使想到而不用，勿使有用而忽之也。」（詞曲
部　結構　密針線）此笠翁用功最力，且以爲元人遜於當日傳奇者矣。

以上所言，不只傳奇，即若史傳詩詞時文，皆未可略之也。下就傳奇格

局論其關目安排之主張。

　　開場數語，稱爲家門，爲全劇規模之眼目。家門之前，先有一上場小曲，或西江月或蝶戀花不定，內容乃「將本傳中立言大意，包括成文」，與家門相爲表裏，所別在小曲暗說，家門明說，笠翁喻爲破題、承題，乃下文之根據矣。二者作用在一開場即吸引觀者注意，不捨轉移，且免「開口罵題」之譏。第二折曰沖場，必首以一悠長引子，繼以詩詞及四六俳語之定場白。此一引一詞，既須道盡上場角色心事，又得隱括全劇之精神，以影射筆法出之，伏全劇節目之根於斯矣。觀者自此，方知其所欲演者何。而角色之出場，必依主客，區其先後。主要角色先出場，與其相關者必後之。譬如「生爲一家，旦爲一家，生之父母，隨生而出，旦之父母，隨旦而出。」（詞曲部　格局　出脚色）要角出現，不得遲於四五折後，而其他有關全部者，亦不宜出之太遲，大約常在第十齣以前上場。十齣以後，但屬枝外枝，節外節，不關重要者也。

　　關目之舖陳，在全劇上半部之末齣，當略爲收攝，即「宜緊忌寬，宜熱忌冷」（詞曲部　格局　小收煞）令觀者揣摩下文而不得結果。笠翁名之曰「小收煞」。可譬諸小說之「下回分解」。而笠翁主張「戲文好處，全在下半本」（詞曲部　科諢），自是劇情應節節增高，及於收場一折，曰「大收煞」爲最高潮。又當「無包括之痕，而有團圓之趣」（詞曲部　格局　大收煞）。李漁以爲戲劇當娛人，〔註5〕遂必爲喜樂收場。然，雖必團圓，又不可草草，須自然而然，波瀾起伏，於是有「先驚而後喜」者，有「始疑而終信」者，更有「喜極信極而反致驚疑」之翻新弄巧者（詞曲部　格局　大收煞）。總以觀者留連，回味無窮爲務也。

三、詞　采

　　詞曲利在搬演，必觀者能懂，才得教化娛樂之效。蓋演出之時，不止讀書之人觀賞，尚有不讀書之人，不讀書之婦人小兒同看。且奏諸管絃，付諸場上，稍爾即逝，其詞采理應平俗易解，異於史傳詩文之典雅玄奧。故貴于顯淺，忌在塡塞。笠翁以爲塡塞之例有三：（一）欲借典核以明博雅，遂多引古事，（一）假脂粉以見風姿，故疊用人名，（三）取現成以免思索，因直書成句。皆欲深其

〔註5〕　「傳奇原爲消愁設，費盡杖頭歌一闋，何事將錢買哭大聲，反令變喜成悲咽，惟我塡詞不賣愁，一夫不笑是吾憂，舉世盡成彌勒佛，度人禿筆始堪投。」——《風箏誤》。

文以誇才示博也。戲文以觀者之故，貴淺不貴深。填詞者雖具博學睿思，下筆必盡掃書本之氣，即用古事、人名、現成句，猶秉「貴淺不貴深」，「事不取幽深，人不搜隱僻，句則採街談巷議，即有偶涉詩書，亦係耳根聽熟之語，舌端調慣之文，雖出詩書，實與街談巷議無別」（詞曲部　詞采　忌填塞）。而擷用之時，當如信手拈來，似無心巧合。欲臻此造詣，唯寢饋元曲，得其化也。

　　詞采尚重機趣，「機者，傳奇之精神，趣者，傳奇之風致」（詞曲部　詞采　重機趣），傳奇之動人，除關目安排有致。詞采應承上接下，烘托埋伏，令觀者時怡於預知其來，時歎於前言之妙合，不忍遽爾中止，此其機也。傳奇風致，最尚無道學之氣，不止風流跌宕之曲，花前月下之情，當戒迂腐。其「談忠孝節義，與說悲苦哀怨之情，亦當抑聖為狂，寓哭於笑」（詞曲部　詞采　重機趣），是教化說理為質，娛樂嬉笑為文，寓深於淺，笠翁深心在彼不在此也。不止淺處見才稱高手，其狂中見聖，笑中帶淚，實笠翁所主戲劇之上上境界，豈泛泛「喜劇」可盡道耶。況「機趣」二者非勤可得，乃性中帶來，夙根所有，不可強求。

　　場上所敘不外情景，景自目見，眾目所得無二，情從衷來，人各具所欲。為免行文散渙，可舍景之繁蕪，就本人之情生發，遂有欲為之事，待說之事，驅旁歧之紛，得自然之妙理也。若琵琶賞月四曲，同一月，有牛氏之月，伯喈之月，因異其情，遂別所見，未可移易。人各有情，張三之情固不可通融於李四也。戲文中，又以角色安排，分別生旦淨丑之情，即「生旦有生旦之體」（詞曲部　詞采　戒浮泛），扮為衣冠仕宦，小姐夫人，出言吐詞自應雋雅雍容，其作僕從、梅香，也當擇言，不與淨丑同聲，是「淨丑有淨丑之腔」也（詞曲部　詞采　戒浮泛）。元人猶分別不嚴，笠翁指為當辨。〔註6〕

四、音　律

　　填詞最重在律，舉凡「句之長短，字之多寡，聲之平上去入，韻之清濁陰陽，皆有一定不移之格」（詞曲部　音律）。音律之事，笠翁雖視為但熟可臻化境之技，乃次於結構、詞采之勝才，猶主嚴守定格，力斥逾矩者。以為：文各異資，若詩必叶韻，雖三百篇風人生于後世，亦當就沈休文詩韻範圍；如李白杜甫之高才，其縱橫仍不出韻外。是繩墨既定，資格已具，搦管者唯

〔註6〕參見〈詞曲部　詞采　戒浮泛〉。

擇術而用才，故申言：

> 詞家繩墨，只在譜韻二書，合譜合韻方可言才，不則八斗難充升
> 合，五車不敵片紙，雖多雖富，亦奚以爲。（詞曲部　音律　恪守
> 詞韻）

（一）詞韻部分

> 一齣用一韻到底，半字不容出入，此爲定格（詞曲部　音律　恪守
> 詞韻）。

雖然，昔日舊曲中有雜韻者，笠翁視爲法制未備，無成格可守之草創現象，
固不足怪，亦不可爲訓。蓋音韻之格律，關乎樂音之叶合：

> 無論一曲數音，聽到歇腳處，覺其散漫無歸。即我輩置之案頭，自
> 作文字讀，亦覺字句聱牙，聲韻逆耳。（詞曲部　音律　魚模當分）

于時人製曲，有因句好難捨不肯割愛者，笠翁每直言斥之。實以曲不審韻，
非但文字不與聲音諧美，且「致使佳調不傳，殊爲可痛惜」（詞曲部　音律　恪
守詞韻）也。

所守之韻，則以《中原音韻》一書爲畛域。然《中原音韻》乃北韻，非
南韻，時人莫不以爲缺陷，曾有武林陳次升作「南詞音韻」，惜垂成而輟。笠
翁主張：

> 南韻深渺，卒難成書，填詞之家，即將中原音韻一書，就平上去三
> 音之中，抽出入聲字，另爲一聲，私置案頭，亦可暫備南詞之用。（詞
> 曲部　音律　魚模當分）

乃擇取《中原音韻》備南詞之撰也。此但其大略，猶有細者：

> 〔魚模當分〕因「魚之與模，相去甚遠」，故「斷宜分別爲二」。（詞
> 曲部　音律　魚模當分）

汪經昌先生中《原音韻魚模條講疏》論曰：

> 本韻以滿口爲主，出字撮口呼，其中屬魚韻各字，收音若于，屬模
> 韻各字，重收若嗚，魚模之間，賴以區析。（見《曲韻五書》）

是即令「不能全齣皆分」，亦當「每曲各爲一齣」。蓋出韻不叶爲聲音之大忌，
寧見用韻太嚴之評，不招聱牙逆耳之病也。

恪守詞韻之餘，填詞用韻尚有不可略者。用韻宜擇，其一也。詞韻各具
聲情，若侵尋、監咸、廉纖三韻，同屬閉口之音，侵尋又與他二者稍異，笠
翁審之曰：

每至收音處，侵尋閉口，而其音猶帶清亮。(詞曲部　音律　廉監宜避)

汪先生《中原音韻講疏》侵尋條下所析尤足為徵：

本韻即真文之閉口，出字齊齒，收音閉口，全韻無宮及變宮，針穩譜之類，音皆商；金錦禁之類，音皆角；侵寢沁之類，音皆徵；音欽陰之類，音皆羽；林廩臨立恁切喪哭也平聲異之類，音皆變徵；齊齒清出而聲陰，閉口濁收而轉陽，為半陰陽字，所析六音，皆徵絃之二攝有半，難應純音，故在韻惟獨用，在絃為么吟，而換頭接三應二之制所由作四換係十三調中之繼製也，韻內如簪岑森等字，出字雖略兼閉口，仍係將齒頭音作正齒音呼耳，更宜辨之。」(見《曲韻五書》)

而監咸、廉纖二韻之特色，由汪先生《講疏》監咸、廉纖二條下可見：

本韻出字收音即寒山之閉口，出字喉有遮攔先合後開，收音復入合口開後再合。甘感勘之類，音皆宮；杉斬懺之類，音皆商；監減鑑之類，音皆角；簪答三寒暗切三復也平聲異之類，音皆徵涔衣庵切平聲異又上聲；喊艦之類，音皆羽；擔答庵切任也去聲異胆擔啟晴切所負也平聲異之類，音皆變徵，而變宮獨無，此韻若不閉口，便與寒山無別。(監咸)

本韻出字收音即先天之閉口，占知淹切視卜也去聲異颭占哲厭切擅據也平聲異之類，音皆商；兼檢劍之類，音皆角，纖掩僭之類，音皆徵；淹琰蟻忝切厭之類，音皆羽；掂點玷之類，音皆變徵；宮及變宮則皆無，韻中各字祇作齊齒呼，尤重合口收，吳音每混先天，即誤於啟而不合也。(廉纖)

是笠翁深知其中之理，乃依其聲情特性主張：

此二韻者，以作急板小曲則可，若填悠揚大套則宜避之。(詞曲部　音律　廉監宜避)

而可用字不多，險僻艱生字眾之險韻，亦應避之，免使好句不可得，終至半途而廢。監咸、廉纖二韻屬此也。

再者，韻腳之字音，較他字更須明亮。入聲唱得明亮，便與平上去相類，南曲四聲皆備，入必作入，一旦混與三音同調，則成北曲矣。故笠翁有「入聲韻腳，宜於北而不宜於南」(詞曲部　音律　少填入聲)之論。再就難易而言，入聲韻字「雅馴自然者少，龐俗倔彊者多」(詞曲部　少填入聲)，初學者宜少取。至若老於此道者，慣於運字，鎔鑄天成，自不受此拘限。

　　填詞無論南北，皆有同一牌名而數連用者，南曲曰前腔，北曲稱么篇。其連用之法又有二，即末後數語，或前後各別，或前後相同，不復另作。其末數語，不復另作者，名曰「合前」。其例譬如憐香伴第二齣議婚之一段：

> 正宮〔催拍〕〔生〕失東隅，雖然數窮；得桑榆，終須運通，激起英雄，激起英雄，破釜焚舟，轉敗成功。試看他年，烈烈轟轟。〔合〕把往事暫付東風，恩和怨定相逢。

> 〔前腔〕〔小生〕我看你履巇崎，全無悶衷，遇顛危，翻多壯容，畢竟成功，畢竟成功，投筆封侯，定遠雄風，矢志題橋，司馬高踪。〔合前〕把往事暫付東風，恩和怨定相逢。

> 〔前腔〕〔旦〕打窮碑，雷聲息轟，送滕王，風帆自通，若得身榮，若得身榮，好事從前，未必成空，似玉人兒，還在書中。〔合前〕把往事暫付東風，恩和怨定相逢。

> 〔前腔〕〔老旦〕白蓮池，曾經臥龍，翠楊枝，還堪繫驄，此別匆匆，此別匆匆，他日重來，駟馬難容，四壁佳篇，早著紗籠。〔合前〕把往事暫付東風，恩和怨定相逢。

笠翁以爲，此法既利於初學，使少費記憶，又以通場合唱，可省精神，免寂寞，有均勞逸之功。然作曲之時，又有當察者：一則避犯重韵：以「合前」相同，往往首曲知避同韵，至二三曲時，但作前詞，不顧已成之合前，待湊入時，不免偶合其韵。二則合前必須情同，詞意必與人物合；合前之詞既爲同唱，自當合諸人之情，故「此數句之詞意，必有同情」（詞曲部　音律　合韵易重）。所謂「同情」，笠翁釋之：

> 如生旦淨丑四人在場，生旦之意如是，淨丑之意亦如是，即可謂之同情。（詞曲部　音律　合韵易重）

必有其情才有其詞也。此皆非親歷其事，不及言也。

（二）曲　譜

　　曲譜乃填詞粉本，惟有依樣畫葫蘆，不容稍事增減。所謂：

> 情事新奇百出，文章變化無窮，總不出譜內刊成之定格，是束縛文人而使有才不得自展者，曲譜是也。私厚詞人，而使有才得以獨厚者，亦曲譜是也。（詞曲部　音律　凜遵曲譜）

所遵者，《九宮譜》乃葫蘆之樣，《嘯餘譜》係粉本也。至其次第，則：

　　　　首嚴宮調，次及聲音，次及字格。（詞曲部　音律）
關於宮調，笠翁主張：

　　　　九宮十三調，南曲之門戶也。小齣可以不拘，其成套大曲，則分門別

　　　　戶，各有依歸，非但彼此不可通融，次第亦難紊亂。（詞曲部　音律）
初，南曲之依聲相繫，至此已成九宮十三調之音律化矣，此就聯套而言。至
若單曲，笠翁允有二三曲合爲一曲之集曲、犯調，但不出「嚴宮調」之規矩：

　　　　此皆老於詞學，文人善歌者能之，不則上調不接下調，徒受歌者揶

　　　　揄。（詞曲部　音筆　凜遵曲譜）
笠翁力至曲譜愈舊愈佳，犯調亦以文字好，音律正爲先。聲音之道，除前敘
之韵叶，平仄陰陽亦不可忽，否則只得供諸案頭，難以宣諸場上，發乎口舌
矣。此但按譜可得。惟尙有二則，譜不見示者，笠翁特授之以方：一曰拗句
難好。字句倔彊聱牙，又有清濁陰陽、明用韵、暗用韵、斷斷不宜用韵之成
格限乎其中，即能勉合其道，亦多不易解意，雖有奚爲？於此，當不自造新
言，但引用成語，以其順口也：

　　　　成語在人口頭，即稍更數字，略變聲音，念來亦覺順口。（詞曲部　音

　　　　律　拗句難好）
而其語意，亦入耳即瞭，實化難成易良方也。再曰愼用上聲。蓋聲音之性，
各各有別，「平去入三聲以及陰字，乃字與聲之雄飛者也，上聲及陽字，乃字
與聲之雌伏者也。」（詞曲部　音律　愼用上聲）而「發揚之曲，每到喫緊關
頭，即當用陰字」（詞曲部　音律　愼用上聲），若易以陽字，即不發調。其
中，上聲字又最特別，以其入賓白則較他音爲高，入詞曲又比他音獨低。製
曲時，但依口內吟哦，輒犯抑揚倒置，只利案頭誦讀之病也。是上聲僅可用
於幽靜之詞，且宜偶用間用，不得重複數字矣。字格之式，則盡符曲譜，不
得增減。笠翁推崇湯臨川爲明三百年第一善畫葫蘆者，猶病其「聲韵偶乖，
字句多寡之不合」（詞曲部　音律　凜遵曲譜）。足見笠翁之嚴音律。

　　　「務頭」一詞，前人論之紛紛，笠翁以爲《嘯餘譜》中臚列萬言，猶不
曾言明究竟。遂主「務頭」二字，既然不得其解，當以不解解之，其論曰：

　　　　曲中有務頭，猶棋中有眼，有此則活，無此則死，進不可戰，退不

　　　　可守者，無眼之棋，死棋也。看不動情，唱不發調者，無務頭之曲，

　　　　死曲也。一曲有一曲之務頭，一句有一句之務頭，字不聱牙，音不

　　　　泛調，一曲中得此一句，即使全曲皆靈，一句中得此一二字，即使

　　　全句皆健者，務頭也。（詞曲部　音律　別解務頭）

但以美於觀聽發言，既切戲曲之道，較諸斤斤二三字之清濁陰陽，而語焉不詳者，又豁然暢達矣。

五、賓　白

　　笠翁之世，世人均以前人作品鮮見有佳賓白而輕之。笠翁亦以元人北曲中，曲詞有一氣呵成之勢，而發「其介白之文，未必不係後來添設」（詞曲部　賓白）之論。然笠翁以為，此乃前人習尚，非不重也，在略示數語以待優人飾觀也。是「前人賓白之少，非有一定當少之成格」（詞曲部　賓白　詞別繁減），遂「大仍其意，小變其形」（詞曲部　賓白　詞別繁減），倡言「賓白一道，當與曲文等視」（詞曲部　賓白）。其說有故，審其劇中分量，白與曲乃相附而生：

　　　曲之有白，就文字論之，則猶經文之於傳注，就物理論之，則如棟梁之于榱桷，就人身論之，則如肢體之於血脈，非但不可相輕，且覺稍有不稱，即因此賤彼。（詞曲部　賓白）

依為文恒情而觀，曲、白有互相觸發之質：

　　　有最得意之曲文，即當有最得意之賓白，但使筆酣墨飽，其勢自能相生，常有因得一句好白而引起無限曲情，又有因填一首好詞，而生出無窮話柄者，是文與文自相觸發，我止樂觀厥成，無所容其思議。（詞曲部　賓白）

就觀者立場而論，初觀新劇，賓白之敘，可藉以瞭解劇情之始末：

　　　新演一劇，其間情事，觀者茫然，詞曲一道，止能傳聲，不能傳情，欲觀者悉其顛末，洞其幽微，單靠賓白一著。（詞曲部　賓白　詞別繁減）

自作者立場而言，一任優人增益，不免損其本意，未若留之以待減之差勝：

　　　優人之中，智愚不等，能保其增益成文者，悉如作者之意，毫無贅疣蛇足於其間乎。與其留餘地以待增，不若留餘地以待減，減之不當，猶存作者深心之半。（詞曲部　賓白　詞別繁減）

如是，寡白之道豈可偏廢？

（一）聲務鏗鏘

　　賓白之文，亦如曲文，當重調聲協律。笠翁以為「能以作四六平仄之法，

用於賓白之中，則字字鏗鏘，人人樂聽，有金聲擲地之評矣」（詞曲部　賓白　聲務鏗鏘）。然平仄運用，不免有情事有致，聲韵不當，而又決無平聲仄聲之字可代者。笠翁示以「上聲」一訣。其分析上聲之質，介乎平仄：

上之為聲，雖與去入無異，而實可介于平仄之間，以其別有一種聲音，較之于平則略高，比之去入則又略低。（詞曲部　賓白　聲務鏗鏘）

因此，笠翁創「聲音之過文」一詞，謂四方聲音，各各有別，如吳越之音，相去天淵，然於接壤處，則兩者相半，吳人覺其同，越人亦不覺有異，此聲音之過文也。上聲介乎平去入，亦同此理。於是，數句平聲中介一上聲為濟，固屬當然，即數句仄聲中介以一上聲，雖仄却似平，令聽者不覺連用數仄，此乃深諳音理，妙遣天成之才也。

（二）語求肖似

賓白係劇中人語，欲代其立言，當先設其人之心，代處其人之境，必「說一人，肖一人，勿使雷同。」（詞曲部　賓白　語求肖似）此戲劇代言特色，亦撰劇者當有之認識。笠翁特為之說：

無論立心端正者，我當設身處地，代生端正之想，即遇立心邪辟者，我亦當舍經從權，暫為邪辟之思，務使心曲隱微，隨口唾出。（詞曲部　賓白　語求肖似）

（三）文適其宜

笠翁力主「白不厭多」（詞曲部　賓白　文貴潔淨），蓋新劇上演，惟賴賓白令觀者悉其始末，洞其微奧，是寧繁之以待減。然，其多當不覺其多，若病其多，即屬可厭矣。所謂：

意則期多，字惟求少，愛雖難割，嗜亦宜專。（詞曲部　賓白　文貴潔淨）

因告學為撰劇者，勤於自刪：

每作一段，即自刪一段，萬不可刪者始存，稍有可削者即去，此言逐齣初填之際，全稿未脫之先，所謂慎之於始也。（詞曲部　賓白　文貴潔淨）

且，一部傳奇之賓白，終有千言萬語，難於照顧，當時時檢點，省其前是後非，自相矛盾，不合事理諸病。笠翁雖自許其賓白稍有微長，猶嘆「當儉不

儉」、「流爲散漫」。賓白之道豈易爲乎？

（四）字分南北

曲中當分南北之音，白中亦避南北之字，大約白隨曲轉，不使雜遝：

> 白隨曲轉，不應兩截，此一折之曲爲南，則此一折之白，悉用南音
> 之字；此一折之曲爲北，則此一折之白，悉用北音之字。（詞曲部　賓
> 白　字分南北）

蓋時人多因北字近豪，便歸剛勁角色，南音多媚，即施窈窕之人，徒貼「聲
音駁雜，俗語呼爲兩頭蠻」（詞曲部　賓白　字分南北）之病。然此論單就全
套北曲，全套南曲者言。若南北相同之曲，其不爲所拘矣。

（五）少用方言

「凡作傳奇，不宜頻用方言，令人不解。」（詞曲部　賓白　少用方言），
戲劇首重能懂，止於甲地逗笑，而使乙地茫然，徒自限耳。不如「悉作官音，
止以話頭惹笑」（詞曲部　脫套　聲音惡習），放諸四方，皆識其語。是劇作
者不僅當避有意之方言，若花面作姑蘇口吻積習：猶須避免填詞者不覺之鄉
音，例如湯若士爲江右之人，當避江右方言；粲花主人吳石渠乃陽羨之人，
則以陽羨方言爲戒。此生而習之，未免脫口而出，信筆書成。尤應時爲省察，
審愼行之也。

（六）意取尖新

傳奇性質特殊：情事必新奇、警拔，才得樂人耳目，動人心腸，故「愈
纖愈密，愈巧愈精」（詞曲部　賓白　意取尖新）。不論常見之語，即如未聞
之事，一以老實平常語言出之，頓令興味索然，不覺可觀；出以尖新纖巧，
則心神飛揚，隨其所動。此詞人之不可不究者也。

六、科　諢

科諢爲傳奇中之調劑，笠翁視爲看戲時驅睡之藥，養精益神之人參湯。
蓋劇情於緊湊新奇處，「只消三兩個瞌睡，便隔斷一部神情，瞌睡時，上文下
文，已不接續，即使抖起精神再看，只好斷章取義，作零齣觀」（詞曲部　科
諢）此乃以戲劇集中時地演出，不容隨意中斷，必保其完整達意而言也，是
「欲雅俗同歡，智愚共賞，則當全在此處留神」（詞曲部　科諢），故一部傳
奇非但文字佳，情節佳，科諢亦得爲佳也。至於科諢之分量，笠翁認爲自以

淨丑者爲重，蓋「其分內事也」（詞曲部　科諢　重關係）。然其他角色，若生旦外末者，亦不可少。惟不得失其腳色所賦之性，必「雅中帶俗，又于俗中見雅，活處寓板，即於板處證活」（詞曲部　科諢　重關係），各適其宜。

（一）戒淫褻

戲文科諢止爲引人發笑，可爲戲者儘多，不必動及淫邪之事，笠翁批評時劇，多以花面道及此類，不惟有礙風氣，且徒見謔虐之跡。欲避此病，其于「口頭俗語，人盡知之者，則說半句，留半句，或說一句，留一句，令人自思」（詞曲部　賓白　戒淫褻），此一法也；必言及最褻之語者，「則借他事喻之，言雖在此，意實在彼，人盡了然」（詞曲部　賓白　戒淫褻），此又一法。

（二）忌俗惡

科諢當近俗，又忌太俗，其「不俗則類腐儒之談，太俗即非文人之筆」（詞曲部　賓白　忌俗惡），前者易染道學之氣，後者則不必文人之才。「俗而不俗」者，笠翁取湯若士還魂、吳石渠粲花五種，稱「文人最妙之筆也」（詞曲部　賓白　忌俗惡）。

（三）重關係

科諢逗笑，猶爲下策，必「於嘻笑詼諧之處，包含絕大文章，使忠孝節義之心，得此愈顯」（詞曲部　賓白　重關係），方見其功。此科諢之昇華，笠翁之理想矣。

（四）貴自然

科諢之設，必自然而然，應運而生，切勿強作笑語，變樂成苦矣。所謂切時切地，「水到渠成，天機自露」（詞曲部　賓白　貴自然），科諢之妙境也。

（五）制時宜

「凡人作事，貴于見情，世道遷移，人心非舊，當日有當日之情態，今日有今日之情態」（演習部　變調　變舊成新）。插科打諢之語，旨在忘憂，重在適時達情，豈一而再，熟而複聽，得不生煩者歟？是「與世遷移，自囀其舌」（演習部　變調　變舊成新），撰劇者當識，此不止自作之詞，欲日日一新、即前人舊劇，亦可「易以新詞，透入世情三昧」，使「雖觀舊劇，如閱新篇」（演習部　變調　變舊成新）也。

第五節　劇　場

笠翁以戲劇性質及不妨時事二者著眼，主張搬演戲劇，宜在夜間，其論如下：

> 觀場之事，宜晦不宜明，其説有二：優孟衣冠，原非實事，妙在隱隱躍躍之間，若于日間搬弄，則太覺分明，演者難施幻巧，十分音容，止作得五分觀聽，以耳目聲音，散而不聚故也。且人無論富貴貧賤，日間盡有當行之事，閣之未免妨工，抵暮登場，則主客心安，無妨時事之慮，古人秉燭夜遊，正爲此也。（閒情偶寄演習部變調第二「縮長爲短」則）

一、照　明

夜間演出，須點燈燭。其照明之準，笠翁以「燈燭輝煌」爲則，斯可免快耳快心卻不得快目之弊。至其分布，則高懸者多，卑立者少矣。燈燭照明，當顧剔剪，稍不得法，或司不得人，即呈模糊，是笠翁示以六字訣：「多點不如勤剪」。蓋一以專責老成不耽遊戲者一人；剔法則有二方：一者以極細鐵製之燭剪，長三四尺者剪之。二者暗提線索，若傀儡登場法。係「於梁上暗作長縫一條，通於屋後，納掛燈之繩索於中，而以小小輪盤，仰承其下，然後懸燈，燈之內柱外幕，分而爲二，外幕繫定於梁間，不使上下，內柱之索，上跨輪盤，欲剪燈煤，則放內柱之索，使之卑以就人，剪畢復上，自投外幕之中。」（《閒情偶寄》〈器玩部制度第一「燈燭」則〉）其構思巧善，設想周全矣。

二、布　景

布景規模有應劇情之需而非杯盤桌椅等小砌末可比擬者，笠翁劇本中，不乏此類。其內容有活動之蜃樓：

> 頂結精工奇巧蜃樓一座，暗置戲房，勿使場上人見，俟場上唱曲放烟時，忽然抬出，全以神速爲主，使觀者驚奇羨巧，莫知何來，斯有當于蜃樓之義，演者萬勿草草。（《蜃中樓》第五齣「結蜃」齣目下附注語）

有場上搭臺者：

預搭高臺二層，上層扮五色雲端遮柱臺面，下層放鍋竈扇杓等物。
（《蜃中樓》第二十八齣「煮海」）

先搭戲臺（《比目魚》第十五齣「偕亡」）

臺上搭臺，其地不滿二尺，二人並祭，勢不能容，故用此省文法，
然又刪得有理，具見妙才。（《比目魚》第二十八齣「巧會」秦淮醉
侯眉批）

可見佈景之設非徒充背景，且可登之做戲也。

第六節　演　員

優伶不計性別，以其時男優粧扮，女優男裝已成習矣。但依資質別其腳
色，因其天性施為教習，而口齒分明，開口腔正，尤為先決，必慎于選材之
初，正於學曲之始，此習藝當知者也。笠翁取材之準為：

一、選　腳

笠翁名曰取材。大約以音色、音質為主，外貌為輔：

正生、小生　取喉音清越而氣長者。

正旦、貼旦　取喉音嬌婉而氣足者。男優中，此二者不易得。

老旦　　　取喉音稍次前者者。

外、末　　取喉音清亮而稍帶質樸者。

大淨　　　取喉音悲壯而略近嘺殺者。

丑、副淨　不論喉音，止取性情活潑，口齒便捷者。此等人才，得之
最難。女優中，尤難遇此類。若得其人，即有娉婷面貌，清婉歌喉，堪居生
旦，亦當屈抑為之。以其「雖涉詼諧譖浪，猶之名士風流」（聲容部　習技　歌
舞），更有可取，此笠翁別具隻眼也。

二、正　音

「學唱之人，勿論巧拙，只看有口無口，聽曲之人，慢講精麤，先問有
字無字」（演習部　授曲　字忌模糊）。是有口有字，曲之先決。欲口齒清晰，
方音當矯。

（一）改鄉音

「未習詞曲，先正語言……方音不改，其何能曲」（卷二〈喬復生王再來二姬合傳〉），改其方音，所依何準？曰「使歸中原音韻之正音是已」（聲容部習技）。笠翁據中原音韻合崑調，以爲姑蘇郡中，長、吳二邑最易改口合調，是歌者選乎吳門最便。餘者除八閩江右二省，新安武林二郡，翻以鄰姑蘇郡者難于改正，因近處之音，止於出口收音稍別，大同小異，以音近似易反忽，遂終身不改，此不可輕心者歟。

四方鄉音，但十六上下年者，皆可正之。正音之法乃「擇其一韻之中，字字皆別，而所別之韻，又字字相同者，取其喫緊一二字，出全副精神以正之」（聲容部　習技　歌舞）。如秦音呼東鍾韻爲眞文韻，晉音呼眞文韻爲東鍾韻，但于二韻用功改易，得變一字，全韻他字皆移，使無東鍾者有東鍾，無眞文者有眞文，其音正矣。

（二）辨陰陽平仄

「調平仄，別陰陽，學歌之首務也」（演習部　授曲　調熟字音），明辨陰陽平仄，啓口不謬，自便於歌，吳音之利，在「其陰陽平仄，不甚謬耳」（聲容部　習技　歌舞）。北音多平少入，多陰少陽，知而辨之，則改字正音至矣。

（三）字忌模糊

「于開口學曲之初，先能淨其齒頰，使出口之際，字字分明，然後使工腔板」（演習部　授曲　字忌模糊）。如此，不惟歌之有聲，亦且有字爾。讀曲念白之際，固當正音，平常言語亦須勤於校正。

三、習　態

生、旦、外、末、淨、丑，各有其態，笠翁以其係人人已曉之理，遂無細分詳解。但舉二原則，其一，雖由勉強，必至自然：

> 場上之態，不得不由勉強，雖由勉強，却又類乎自然。（聲容部　習
> 技　歌舞）

若粧旦之態，男優必扭捏方足以肖婦人，女優則忌造作，其據心理而云，「婦人登場，定有一種矜持之態，自視爲矜持，人視則爲造作矣」（聲容部　習技歌舞），但令視場上舉動爲家中行止，始免其病矣。

其二，必肖其神情：

　　粧龍像龍，粧虎像虎，粧此一物，而使人笑其不似，是求榮得辱，
　　反不若設身處地，酷肖神情，使人贊美之爲愈矣。(聲容部　習技　歌
　　舞)

女優有難爲外末淨丑行走哭泣之態，或足小難跨大步，或面嬌不肯粧瘁容之
弊，皆不可取，當引爲戒也。

第七節　演　習

一、授曲者之修養

　　授曲優師，必諳音理，其文理未必精也，故笠翁力主優師「必擇文理稍
通之人」(演習部　選劇　別古今)。蓋劇作有新舊，舊作歷經陶鑄，固已無
綻，新作初出，有賴優師之擇，崇以音律爲繩，既失之偏，亦難平才人之心。
學曲、說白，不明其理，難達其神，此又賴優師施爲指點，不通文墨何得勝
任優爲？

二、選　劇

　　「詞曲佳而搬演不得其人，歌童好而教率不得其法，皆是暴殄天物」(演
習部　選劇)，欲搬演得人，教習得法，不得不首重選劇。所本質窳，聲音乖
違，歌者縱好，徒抝其嗓；詞曲雖佳，不獲見賞，惟聞瓦缶，亦付奈何。蓋
「劇本不佳，則主人之心血，歌者之精神，皆施于無用之地」(演習部　選劇)
矣。是特重選劇，以選得其本，不惟歌者展喉，千古才人可免沈抑憾事。

（一）別古今

　　授曲首擇古本，蓋舊曲相傳已久，歷數名師，正其不當，歸其所失，精
益求精，優師授之，不敢輕欹；腔板之正，無有逾越，習者稍誤，立見短長，
能善其曲，餘腔板可免謬矣。古曲中，笠翁主以琵琶荊釵幽閨尋親等曲入門，
所因無他，「蓋腔板之正，未有正于此者。」(演習部　選劇　別古今)也。

　　舊曲既稔，必間習新詞，勿拘于古。以古曲但悅知音，易流寡和，新詞
能娛滿座，聽之忘倦，人之常情也。新劇之擇，笠翁力主兼及文墨，是優師
當通文墨，所定美惡，方得其正。且籲縉紳長者，多顧佳詞，割其劇陋，使
「梨園風氣，丕變維新」(演習部　選劇　別古今)。

（二）劑冷熱

劇文太冷，文章極雅者，人多不取，優多不演，以慮其難動人心，易於生倦也。笠翁以為，冷熱雅俗不足為礙，但能表露人情，令人哭笑隨之，則寂然不動，觀者亦稱絕，反勝鼓囂喧天，徒價耳目。是劇本雖具形骸，猶賴演出賦予精神，其冷熱雅俗可徒依諸文字遽為斷語哉！

三、授　曲

知音最難，以音理幽渺艱於盡解，可訴諸解者，皮毛而已。或「曲文之中，有正字，有襯字，每遇正字，必聲高而氣長，若遇襯字，則聲低氣短而疾忙帶過」（演習部　教白　高低抑揚）之分別主客之法。或高低抑揚、緩急頓挫之一定不移之格，譜書具載，優師諄諄告誡，不出範圍者。笠翁據其編劇、聽曲經驗，別舉音理之必然，定格之未列者。

（一）明曲意

唱曲雖重腔板，當清喉舌齒牙，但僅工此，只可稱二、三等矣。曲中有情節，曰曲情。歌者明其情節，知其意之所指，則出口時，儼有其神情，再貫以精神，求其酷似。於是，「同一唱也，同一曲也，其轉腔換字之間，別有一種聲口；舉目回頭之際，另是一副神情，較之時優，自然迥別，變死音為活曲」（演習部　授曲　解明曲意），如是可至登峰造極矣。

至於場上，當嚴曲之分合，其「同場之曲，定宜同唱，獨唱之曲，還須獨唱」，以「詞意分明，不可犯也」（演習部　授曲　曲嚴分明）。蓋人有異情，曲情有別，自各分合，作者深意，盡見于此，但依場上慮冷，歌者炫翕合之工，紊其分合，曲意泯矣。此非深諳曲意者所施，乃未明曲意之過也。是解明曲意，不惟歌者當務，授曲者得稍忽焉？非僅隻曲腳色當嚴，其全場精神豈可擅移乎？

（二）審字音

調平仄、別陰陽，固為歌童當務。猶非必不可少者，惟「出口收音」二訣，未可忽視。笠翁析道：

> 世間有一字，即有一字之頭，所謂出口者是也。有一字，即有一字之尾，所謂收音者是也。尾後又有餘音，收煞此字，方能了局。（演習部　授曲　調熟字音）

歌唱之時，曲有緩急，遇其緩者，若同說話，一音而盡，則下板無可著處。故非分別字之頭、尾、餘音不可，所謂：

> 字頭字尾及餘音，皆爲慢曲而設，一字一板，或一字數板者，皆不
> 可無，其快板曲，止有正音，不及頭尾（演習部　授曲　調熟字音）。

其字頭、字尾、餘音之設，乃：

> 有一字爲之頭，以備出口之用，有一字爲之尾，以備收音之用，又
> 有一字爲餘音，以備煞板之用。（演習部　授曲　調熟字音）

若蕭字，出口作「西」，字頭也；收音作「天」，字尾也；尾後餘音作「烏」，餘音也。此與反切之理相類，和今日拼音之道相同。用於緩音長曲之中，非止可合韻，兼省唱者精神矣。其意在審析字音，雖以一字代之，唱時終不可使聞有字迹，始爲善用頭尾者，否則反不如無。

至於每字之字頭、字尾、餘音，其時另有專書備考，若弦索辨訛者。

（三）鑼鼓忌雜

鑼鼓乃筋節關鍵，其「當敲不敲，不當敲而敲，與宜重而輕，宜輕反重者，均足令戲文減價」（演習部　授曲　鑼鼓忌雜），是「疾徐輕重之間，不可不急講也」（演習部　授曲　鑼鼓忌雜）。最忌者，在緊要關頭，忽然打斷。此緊要關頭計有：說白未了之際，曲調初起之時，一齣戲文將了之時。蓋看戲在聽曲觀情，曲調初起，蓋却聲音，起調聞不得，怎知所唱何曲？最難恕者，令說白未完，或戲文將了所云數句關鍵不彰，則情事不貫，此棄觀者、作者不顧也。是場上之人與司鑼鼓者，必互爲兼顧，務使曲白鑼鼓並美矣。

（四）吹合宜低

教曲學唱之初，師徒口授之際，可以簫笛引之，「聲與樂齊，簫笛高一字，曲亦高一字，簫笛低一字，曲亦低一字」（演習部　授曲　吹合宜低），使聲隨簫笛，此簫笛之爲用也。習於聲隨簫笛后，再以「家常理曲，不用吹合，止于場上用之，則有吹合亦唱，無吹合亦唱，不靠吹合爲主」（演習部　授曲　吹合宜低）之法正之，遂成簫笛隨人，笠翁命爲「金蟬脫殼之法」也。蓋「絲不如竹，竹不如肉，此聲樂中三昧語，謂其漸近自然也。」（聲容部　習技　歌舞），故當以肉爲主，絲竹爲副，其場上吹合之狀，乃主張簫笛低曲一字：

> 和簫和笛之時，當比曲低一字，曲聲高于吹合，則絲竹之聲，亦變
> 爲肉，尋其附和之痕而不得矣。（演習部　授曲　吹合宜低）

但止限喉音最亮之才，餘中人以下，雖用難好，反累良法矣。

四、教　白

說白難工，尤倍唱曲，曲之高低抑揚，緩急頓挫，具有不移之格，可按腔板、查譜籍、承師傳，賓白既乏定格，但依口授，原多依摸索，未有傳授成方，是其理日晦，鮮爲人知，工者寡矣。笠翁鑑此，乃創成格示人，使有依循。然說白之理，植於通識文字，非本人識文，即曲師明理，否則徒備成格，但貽多事也。

（一）高低抑揚

場上賓白之中，別其正襯主客。正字則聲高氣長，襯字則聲低氣短，疾忙帶過。一句有一句之正襯主客，若：

> 呼人取茶取酒，其聲云：取茶來，取酒來。此二句既爲茶酒而發，則茶酒二字爲正字，其聲必高而長，取字來字爲襯字，其音必低而短。（演習部　教白　高低抑揚）

一段有一段之正襯主客，例如：

> 琵琶分別白云：「雲情雨意，雖可拋兩月之夫妻，雪鬢霜髭，竟不念八旬之父母，功名之念一起，甘旨之心頓忘，是何道理。」首四句之中，前二句是客，宜略輕而稍快，後二句是主，宜略重而稍遲，功名甘旨二句亦然，此句中之主客也。「雖可拋」、「竟不念」六個字，較之「兩月夫妻，八旬父母」，雖非襯字，卻與襯字相同，其爲輕快，又當稍別，至于夫妻父母之上二「之」字，又爲襯中之襯，其爲輕快，更宜倍之。（演習部　教白　高低抑揚）

至若上場詩，定場白及長篇大幅敘事之文，則忌成水平調，〔註7〕須高低相錯，緩急得宜。笠翁之訣爲：

> 上場詩四句之中，三句皆高而緩，一句宜低而快，低而快者，大率宜在第三句，至第四句之高而緩，較首二句，更宜倍之。（演習部　教白　高低抑揚）

今引其舉例之解說，可更見其詳：

> 如〈浣紗記定場詩〉云：「少小豪雄俠氣聞，飄零仗劍學從軍。何年

〔註7〕〈演習部　教白　高低抑揚〉：「作一片高聲，或一派細語，俗言水平調」。

事了拂衣去，歸臥荆南夢澤雲。」少小二句，宜高而緩，不待言矣，何年一句，必須輕輕帶過，若與前二句相同，則煞尾一句，不求低而自低矣，末句一低，則懈而無勢，況其下接著通名道姓之語，如下官范名蠡字少伯，下官二字，例應稍低，若末句低而接者又低，則神氣索然不振矣。故第三句之稍低而快，勢有不得不然者。（演習部　教白　高低抑揚）

優師授徒，可就其高低抑揚誌爲符號，以供摹擬：

于點腳本時，將宜高宜長之字用硃筆圈之。凡類襯字者不圈，至于襯中之襯，與當急急趕下，斷斷不宜沾滯者亦用硃筆抹以細紋，如流水狀，使一一皆能識認，則于念劇之初，便有高低抑揚。（演習部　教白　高低抑揚）

循此而往，其賓白之口，可妙絕天下也。

（二）緩急頓挫

「場上說白，盡有當斷處不斷，反至不當斷處而忽斷，當聯處不聯，忽至不當聯而反聯者，此之謂緩急頓挫。」（演習部　教白　緩急頓挫）此理之精妙微渺，只可意會，係「精詳之理，則終不可言也」（演習部　教白　緩急頓挫）之屬也。笠翁製定一法，示其大概，謂：

大約兩句三句而止言一事者，當一氣趕下，中間斷句處，勿太遲緩，或一句止言一事，而下句又言別事，或同一事而另分一竅者，則當稍斷，不可竟連下句，是亦簡便可行之法也。（演習部　教白　緩急頓挫）

要皆心領神會爲重。其聯斷，亦可如前則之例，注於腳本，則緩急可循矣。

五、脫　套

劇本上場，另賦一番生氣，較諸案頭觀書，迥然有別，優人點染，雖不乏錦上添花，點鐵成金，亦常見化奇爲腐，此積微漸著，擬虎類犬之屬也。笠翁略述衣冠，聲音、語言、科諢之陋，冀減惡習，稍省棘目耳。

（一）衣冠惡習

〔當重體制〕　淨丑小人專用藍衫與世賢貴之徵，士宦之服相同，誠淆耳目，蒙羞士子，當革此衫，或勿令花面獨穿，使君子小人之互用，免瀆體制也。

〔穿戴得宜〕　婦人須服輕軟，顯其溫柔，勿衣如裝甲，形同木人。方巾持重，用於窮愁患難之士，殊爲不當。

（二）聲音惡習

淨丑爲引發笑，故作鄉音，習採吳音。其弊一在唐突吳人，使盡入淨丑輩；二者，他境不解其語，失計之上也。是請易此習，盡作官音，以利天下，「即作方言，亦隨地轉，如在杭州，即學杭人之話，在徽州即學徽人之話，使婦人小兒，皆能識辨，識者多則笑者眾矣。」（演習部　脫套　聲音惡習）

（三）語言惡習

〔避口頭語〕　戲場賓白慣以「呀」、「且住」二語開口。「呀字，驚駭之聲也，如意中並無此事，而猝然遇之，一向未見其人，而偶爾逢之，則用此字開口，以示異也。」（演習部　脫套　語言惡習）「且住二字……有兩種用法，一則相反之事，用作過文，如正說此事，忽然想及後事，彼事與此事，勢難並行，纔想及而未曾出口，先以此二句截斷前言。且住者，住此說以聽彼說也。一則心上猶豫，假此以待沈吟，如此說自以爲善，恐未盡善，務期必妥，當于是處尋非，故以此代心口相商，且住者，稍遲以待，不可竟行之意也」（演習部　脫套　語言惡習）而戲場多不分場合，開口即用，逕作助語，皆不詳字義者爲，明之當避。

〔忌添蛇足〕　「曲有尾聲及下場詩者，以曲音散漫，不得幾句緊腔，如何截得板住，自文冗雜，不得幾句約語，如何結得話成」（演習部　脫套語言惡習）此尾聲及下場詩作用之所在，其後不可添詞，必以「萬不得已，少此數句，必添以後一齣戲文，或少此數句，即埋沒從前說話之意者」（演習部　脫套　語言惡習），方作「兩人三人在場，二人先下，一人說話未了，必宜稍停以盡其說」、（演習部　脫套　語言惡習）之古格，稱爲弔場者。否則下場詩後，又增淡語，徒令緊湊之格，翻成遲緩之局，此無理且可厭也，必急去之。

（四）科諢惡習

科諢多襲成套，或二人相毆，有人來勸，必被毆者脫身，勸者反受其毆；或主人偷香，館童必吃醋之言狀；或于戲中串戲，不一而足。劇劇如斯，未演可知，非有懸擬難料之趣，但見因襲雷同之煩，尤爲當戒。

第八節　評劇之標準

　　品評劇作，笠翁首重格律之遵守，蓋「詞家繩墨，只在譜韻二書，合譜合韻，方可言才」，譬如詩之司選，雖言言中的，字字驚人，若一東二冬並叶，三江七陽互施，其有因句美而破格收之者乎？〔註8〕是合韻合譜乃劇作之首務。

　　戲劇雖列文學之林，然其文字之撰，實在搬演，故其文字不同一般案上之文，當兼及場上。此非局外者泛論偶涉可道及也，必「自撰新詞幾部，由淺及深，自生而熟」，〔註9〕親身體驗之，始堪品評詮解，除此無他徑可循矣。〔註10〕其謂聖歎之評西廂，「乃文人把玩之西廂，非優人搬弄之西廂也。文字之三昧，聖歎已得之，優人搬弄之三昧，聖歎猶有待焉。」〔註11〕此之謂也。

　　再，笠翁以為作者執筆為文「有出于有心，有不必盡出于有心者」，「心之所至，筆亦至焉，是人之所能為也，若夫筆之所至，心亦至焉，則人不能盡主之矣。且有心不欲然，而筆使之然，若有鬼物主持其問者，此等文字，尚可謂之有意乎哉。〔註12〕故「無一句一字，不逆溯其源，而求命意之所在」，〔註13〕雖密而易陷於拘也。〔註14〕其不取聖歎者，此又一也。

〔註 8〕見《閒情偶寄》〈詞曲部音律第三恪守詞韻〉。
〔註 9〕見《閒情偶寄》〈詞曲部格局第六填詞餘論〉。
〔註10〕同註9。
〔註11〕同註9。
〔註12〕同註9。
〔註13〕同註9。
〔註14〕《閒情偶寄》〈詞曲部格局第六填詞餘論〉：「拘即密之已甚者也。」

第五章　結　論

　　笠翁論劇之作，自謂係「以生平底裏和盤托出，併前人已傳之書，亦爲取長棄短，別出瑕瑜，使人知所從違，而不爲誦讀所誤。」〔註1〕是其說乃前有所承，已有所闡者也。蓋戲劇之發展漸臻成熟，劇論之方面自益具足。笠翁以數十年之戲劇創作及指導家姬之經驗，兼處劇作眾多，演出頻繁之戲劇盛世，所論戲劇遂深得其諦，鮮涉旁務矣。今見其論述系統：

詞曲部

結構第一	戒諷刺	立主腦	脫窠臼	密針線
	減頭緒	戒荒唐	審虛實	
詞采第二	貴顯淺	重機趣	戒浮泛	忌填塞
音律第三	恪守詞韻	凜遵曲譜	魚模當分	廉監宜避
	拗句難好	合韻易重	慎用上聲	少塡入聲
	別解務頭			
賓白第四	聲務鏗鏘	語求肖似	詞別繁減	字分南北
	文貴精潔	意取尖新	少用方言	時防漏孔
科諢第五	戒淫褻	忌俗惡	重關係	貴自然
格局第六	家門	沖場	出腳色	小收煞
	大收煞			

〔註1〕《閒情偶寄》卷一〈詞曲部結構第一〉。

塡詞餘論

演習部

選劇第一	別古今	劑冷熱		
變調第二	縮長爲短	變舊成新		
授曲第三	解明曲意	調熟字音	字忌模糊	曲嚴分合
	鑼鼓忌雜	吹合宜低		
教白第四	高低抑揚	緩急頓挫		
脫套第五	衣冠惡習	聲音惡習	語言惡習	科諢惡習

　　首標結構，次論詞采，不避遵律，特重賓白，詳論科諢、格局，次第有序，要爲笠翁撰劇經驗之錘鍊。《中原音韻》文律兼重之原則，恪守格律之主張，均見承於詞曲部。雖然，《中原音韻》偏于文人把玩之散曲、小令，其理論多以士人好尚立論，笠翁擷其文律、聲韻之分析，若遵守韻部、凜遵曲譜，嚴別平仄、陰陽，以符脣吻開合，重以淺顯，機趣，有別雅奧深澀之案頭清供。蓋以詞曲有詞曲之體，淺處見才是其長也。王驥德《曲律》之羅列完備，條列分明，笠翁劇論頗肖之。惟，王氏之論不免涉及散套、小令，戲劇但爲其中部份耳，而其戲劇之理論又多處「雜論」二則。然則驥德之啓迪笠翁劇論誠多，舉凡：劇作者之修養（論須讀書第十三）、結構之重視與分布（論章法第十六）、詞采之重機求新（論句法第十七）、撰劇務可演可傳（論劇戲等三十）、賓白之重視（論賓白第三十四）、科諢當知（論插科第三十五）、南北之別（雜論第三十九上）、取材之討論（雜論第三十九上）、詞才律工之分野（雜論第三十九下），均可祖述曲律。

　　笠翁劇論之特色，不止其綜合前人長處，尤在其自出胸臆，執戲劇本質以論戲劇。固然，笠翁承晚明講學之風，屬意稗史戲劇爲化民之具；以傳統儒徒立場，視戲劇可具木鐸之功，但未抹煞戲劇藝術。勸善懲惡之宣導與悲歡離合之轉折，乃並轡而行。〔註2〕夫戲劇乃結合人、事，成一相關連而富意

〔註2〕 德人 Helmut Martin（馬漢茂）之論文 Li Li-weng über das Theater（李笠翁論戲曲）中，以爲李漁劇論與儒家戲劇思想相背。說見該文 I. THEATER UND DRAMATURGIE 4. Li Li-wengs Theaterkonzeption a. Die niedrige Kunst: Definition und Aufgaben S. 52-S. 53（一、戲劇與戲劇之理論 4.李笠翁劇論之思想 a.定義與目的　頁52～53）。今見笠翁詩文自敘及劇論所聞，馬氏之說恐未

義之形式，其不相干之細節，自當刪除，而欲達集中與感化之作用，則須累積與想像力之運用，此戲劇藝術之特徵，笠翁深諳之。其云：

> 人謂古事多實，近事多虛。予曰，不然。傳奇無實，大半皆寓言耳。欲勸人為孝，則舉一孝子出名，但有一行可紀，則不必盡有其事。凡屬孝親所應有者，悉取而加之。亦猶紂之不善，不如是之甚也。一居下流，天下之惡皆歸焉，其餘表忠表節、與種種勸人為善之劇，率同于此。若謂古事皆實，則西廂琵琶，推為曲中之祖，鶯鶯果嫁君瑞乎？蔡邕之餓莩其親，五娘之幹蠱其夫，見于何書，果有實據乎？孟子云：盡信書不如無書。蓋指武成而言也。經史且然，矧雜劇乎？凡閱傳奇而必考其事從何來，人居何地者，皆說夢之癡人，可以不必答者也。（閒情偶寄卷一詞曲部審虛實）

至於秉筆，則慮古事熟於人目，遂主當依可考，避免自創事實：

> 若用往事為題，以一古人出名，則滿場腳色，皆用古人，捏一姓名不得，其人所行之事，又必本于載籍，班班可考，創一事實不得……要知古人填古事易，今人填古事難，古人填古事，猶之今人填今事，非其不慮人考，無可考也，傳至于今，則其人其事，觀者爛熟于胸中，欺之不得，罔之不能，所以必求可據，是謂實則實到底也。（同上）

故笠翁謂虛實之辨，乃在古今之前提下云耳。今按笠翁劇作，笠翁之累積工夫及想像力之運用，均稱見著，殆前者使角色分明活潑，對比成趣，若《憐香伴》中石堅才德雙全之與周公夢才德俱損，《風箏誤》中韓世勳、淑娟之俊雅與戚友光、愛娟之醜俗，《蜃中樓》小龍之特昏昧，《凰求鳳》呂哉生之品貌俱上，《奈何天》五闕俱全之闕里侯；後者于平常人情中，翻出無窮新奇，令觀者聽者不忍中止，如《憐香伴》之翻痴情于二女子之相憐，《風箏誤》之誤中會真、真中疑誤，《奈何天》三其事而不覺煩複，《比目魚》之戲中串戲、因戲接戲。至於神奇之附會，以貫串劇情者，則其劇論以為稍遜且宜避之，此笠翁力未逮者乎？劇論所云，特其理想歟！

　　撰劇時固當兼及場上條件，此諳於劇作者，皆知言及。笠翁於場上，尤具隻眼，且於選劇中著力。有劇作看似冷雅，但場上調理適當，可靜中示動，冷中藏熱，較滿場囂鬧，刻意作笑者，感人至矣。笠翁雖未特標演技之方，此語實對演員詮劇能力之發言矣。戲劇藝術不止於劇本之完成，乃在劇場上

必然也。

之表達，具時間、空間特質之藝術，笠翁已探其微矣。

正如笠翁所謂，前人劇作所以傳世，「得以偶登于場者，皆才人儌倖之事，非文至必傳之常理也。」〔註3〕笠翁劇論雖時勢必然之產物，其遇與不遇猶未必也。即如當日已鮮有知音，處境孤寂。其〈閒情偶寄凡例〉有言：

> 閱是編者，請由始迄終，驗其是新是舊。

然與時人書信中，卻云：

> 惟《閒情偶寄》一種，其新人耳目，較他刻爲尤甚……請自第六卷聲容部閱起，可破旅次中十日岑寂，其一卷至五卷，則單論填詞一道，猶爲可緩，俟終篇後補閱何如。（卷三〈與劉使君〉）

> 別先生十年，……新刻呈政，乞從聲容頤養二部閱起。（卷三〈與陳端伯侍郎〉）

又有借閱《閒情偶寄》者，以不耐填詞之論，閱不數卷即見歸，笠翁有詩云之：

> 讀書不得法，開卷意先闌，此物同甘蔗，如何不倒餐。（卷七〈有借予閒情偶寄一閱，閱不數卷即見歸者，因其首論填詞，非其所尚故耳，以詩答之〉）

是，較諸聲容、頤養，填詞殆非消遣之品，以所論專門而難遇知音歟。固有稱其書者，若陳學山之云：

> 境闢而愈奇，事纖而口雅，較之鏤空繪影，更進一籌，但惜寶不自珍，鷄林廣布，不得某私爲論衡。（卷三〈與陳學山少宰〉）

宋荔裳之言：

> 凡讀閒情偶寄一書者，均有此心，但未之或吐。示人無隱者，其惟少宰乎。（卷三〈與陳學山少宰一文眉批〉）

皆籠統之言，概括之說，未就填詞之論有所共鳴者矣。而就笠翁所撰〈香草亭傳奇序〉之言：

> 而詞華之美，音飾之諧，與予昔者閒情偶寄一書所論填詞意義，鮮不合轍。（見《一家言》卷一）

則笠翁《閒情偶寄》之曲論，非撰劇者必奉之圭臬也。其後，重以乾隆時之燬書運動高漲，《一家言》因言論放曠，承晚明公安之風，不見容於世，且附

〔註 3〕《閒情偶寄》演習部選劇第一。

錢謙益評語，遂遭禁燬，閒情偶寄因不見傳世。劇論之發展滯於昧音文人，轉入詩話、詞話之流，但云零星掌故、本事，偶及一二個人欣賞之見，其就戲劇論戲劇之系統專書，自是絕跡矣。逮咸豐年間梁廷枏之《曲話》，雖曾引笠翁之言，皆泛泛之語。〔註4〕蓋其人未窺塡詞堂堂奧，惟掇片言隻語耳。

　　笠翁劇論之見重時人，誠如德人馬漢茂（Helmut Mertir）所云，乃近世西潮衝激，國人反求諸舊籍之成果。〔註5〕笠翁之論，於戲劇理論本身，固極具價值，其無論當年、今日，於指導場上及撰寫劇本，皆未多影響也。然而，後世之研究傳統戲劇，笠翁劇論特爲學者之重要依據，且多採襲其說，吳梅《顧曲麈談》即是一例。笠翁此遇，殆非其搦管行文，粉飾昇平，指導後學之初心所得料矣。

〔註4〕見清梁廷枏曲話，載《歷代詩史長編二輯》第八冊，頁 267～268、頁 290～293。
〔註5〕見 H. Martin, op. cit, I. THEATER UND DRAMATURGIE 5. Das Wirkungsfeld des Werkes S. 76-77（一、戲劇與戲劇之理論 5.笠翁劇論之影響。頁 76～77）。

附錄一

笠翁尚有愼獄芻言、祥刑末議二文，未見輯李漁全集，今引錄賀長齡皇朝經世文編所輯于后：

愼獄芻言

論人命

古法流傳至今，今人已失其實而僅存其名者，莫若人命中保辜一事。辜者罪也，保辜者，令有罪之人自保其罪，以塞他日之辨端，且救此時之覆轍。一事而諸善備焉，古法莫良於此。譬如張三毆傷李四，李四病創垂危，自分必死，隨令親屬鳴官求驗，官府驗有眞傷。審得張三凶毆是實，即以李四交付張三，責令延醫調治，照律限期，期滿之日，或生或死，定罪發落。蓋因被毆之人，自非慈親孝子，鮮不利其速死，以爲索詐凶人之地，故以調理之責付之凶人；凶人以一朝之忿，釀成殺身之禍，未有不悔恨求生者，救人即以自救，何金錢之足惜？是以一紙保辜，活兩人生命也。倘其療治不痊，如期殞命，則於限滿發落之時，便可定罪結案，不致株連一人，延緩一日。何也？以其驗傷之際，先得兩造口供，被毆喪命者，既以親口訴冤於生前，毆人致斃者，難以活口，賴傷危死後，若說不干己事，則從前之調理爲何？無證亦可以成招，完屍亦可以定罪。較審人命於既死之後，展轉推詳而莫究其實，憑空摸索而不得其端者，其勞逸難易之相去，豈啻霄壤哉？今世僅存保辜之名，而不行其實，非不知人命爲極大之案。保辜爲最急之事，無奈吏牘如山，不能分別料理，每與田土婚姻諸小訟一概准行。常有累月經年，未遑審結，以致凶犯脫逃，無人抵命者。

直待審出眞情，知其毆死殺傷是實，始爲追論保辜，逆數期限。及究行凶之罪，勢必反覆株連，欲起死者而問之，已無及矣。問所以不行保辜之故，則曰人情刁惡，非復三代遺風，十紙人命狀詞，究無一紙是實。若必一一驗傷，人人取結，則官長無就憩之時，而訟庭少容足之地矣。曰不難，是別有止刁强詐之法，在在未經放告之先，示以畫一之規而已矣。請宰州邑者，分別狀式二紙，刊板流行。一紙照尋常狀格，無事更張，除人命之外，一切姦盜詐僞諸重情，以及田土婚姻諸細務，總用此格。令告者據實填進，審得其實，固爲伸冤洩憤；即其詞稍有不實，亦不必概坐反誣，輕則斥逐，重則杖懲。以民間刁訟之風，浸淫日久，不能遽革，且留餘地，以待逐漸挽回。一紙則另出新栽，單爲人命而設，併注語亦爲刊定，止以被殺被毆情節，令告者自填。詞後留空格六行，每行分刻其上，一曰凶犯，二曰凶器，三曰傷痕，四曰處所，五曰時日，六曰干證。如用木棍毆打，則填木棍二字於凶器之下，如無凶器，係拳腳毆傷者，即填拳腳等字。頂門有傷，則填頂門二字於傷痕之下，餘皆仿此。六項之中，如有一項不填，不遵此式，即係誣誑，必不准理。如時日稍遠，即係舊事，亦不准理。六項之後，又刻一行云：「以上如有一字虛填，自甘反坐。」令告者親填花押於下，無押者不准。如是，則小民知爲特設，與依樣葫蘆者不同，法在必行，不在聽斷之後，即寫狀時已知之矣。當事者一見狀詞，即時批發，立拘兩造及詞內有名人等，併喚折傷科醫士，當堂細驗，以傷痕凶器等項，合之詞內所填，觀其對同與否。無論事事皆虛者懲誣必盡其法，即使五項皆同，止有一項不對，明知下筆之訛，亦必先正妄填之罪，責治告狀親屬，然後審理。審得其實，即以凶器貯庫，照前設保辜之法，責令凶人領回調理，候限滿發落。倘被毆被殺之人，去城窵遠，若令扛擡到官，恐被傷之處，中風致殞，即委廉明佐貳，匹馬單輿，督同醫士往驗，具文詳覆，以俟躬審。驗審之際，務極精詳，蓋此時耐煩一刻，即可爲他日干連人等全活數命，又免上司批駁之煩，省自己推詳之苦，始勞終逸，有裨於人已不淺也。其坐誣之法，於他訟稍寬而獨加嚴於人命者，以別狀告虛，情雖可恨，其所害者，不過被告一家，人命告虛，則不止害醫家，直且騷擾衙門，侮弄官府，令其破有用之工夫，驗無傷之鬥毆，則告者不是害人，明是害官，害人罪小，害官罪大，即斃諸杖下，彼亦何說之辭？小民之敢於誣告者，自謂我以人命告，官府原不以人命聽，不過戶婚田產、口角致爭之罪名耳，勝則可以服人，害亦無損於己，何所憚而不爲？爲知利害若此，關係若此，苟非病狂喪心之人，必不敢爲以身試法矣。此法一行，謂世

間猶有假命害人之事，吾不信也。此法一行，謂世間猶有誤填人命之事，吾不信也。此法一行，謂有司苦於錢穀簿書，及他種詞訟則可，謂爲駁審人命，難定招詳，今日檢屍，明日夾犯，與凶囚冤鬼爲鄰者，吾不信也。但須執法不撓，初終如一，方能有濟，若使徇情受託，一紙不坐反誣，罪當情眞，一犯容之漏網，則此法不行矣。要知當此之時，事事勸人執法，語語誠人徇情，無論事有不能，即進言者亦難啓口。居官之執掌頗多，不止詞訟一事，訟詞之種類更雜，豈止人命一條，留此一事，以示無私，借此一條，以明有法，亦時勢必可行者也，況頹俗難以驟更，頑民可以漸化，爲知一事有效，不可行之第二事，二事有效，不可行之第三事乎？由人命而盜賊，由盜賊而姦情，由姦情而婚姻田土，以及鼠牙雀角諸碎事，無一不可以此法推之。果能知是，則鳴琴臥理之風，未必不階於此也。

　　人命中疑獄最多，有黑夜被殺，見證無人者；有屍無下落，求檢不得者；有眾口齊證一人，而此人夾死不招者；有共見打死是實，及弔屍檢驗，並無致命重傷者，凡遇此等，只宜案候密訪，愼勿自恃摘伏之明，鍊成附會之獄。書曰：罪疑惟輕。又曰：宥失不經。夫以皋陶爲士，猶愼重若此，況其他乎。今之爲官者，苟能闕疑愼獄，即是竊比皋陶，彼鍛鍊成獄者，不及古人遠矣，何聰明之足恃哉？

　　人命不同他獄，讞者不厭精詳，上司數批檢問，正謂恐有冤抑，欲與下僚商酌，爲平反計耳。要知一人之聰明有限，同官之思慮無窮，從前承問者，豈事事皆能自決？亦知重獄非一審可定，未必不留餘地以俟後人，即上司批訊之法，亦自不同，有詞與意合者、有詞在此而意在彼者、又有欲輕其罪，而姑張大其詞，以示國法之重者，此雖憲體宜然，亦以試問官之決斷何如耳。承委諸公，須出己見成招，愼勿雷同附和，若觀望上司之批語以定從違，或摹寫歷來之成案以了故事，其中倘有毫髮冤情，罪孽比初審者更重，何也？天下之事，一誤尚可挽回，再誤則永難救正，獄情不始於我，而死刑實成於我也。

　　屍當速相，而不可輕檢；骸可詳檢，而不可輕拆。拆骸蒸骨，此人命中萬不得已之計，倘有一線餘地，尚不可行。若使人命是眞，抵償可必，則死者受此劫磨，尚能瞑目，萬一抵償不果，枉遭此難，令彼何以甘心？故輕拆不如詳檢，詳檢不如速驗，速驗不如細審，果能審出眞情，則不但無事檢拆，併相驗亦可不行矣。嘗思片言折獄之人，不知存活多少性命，完全多少屍骸，故人樂有賢父母也。又凡奉上司批駁，情節不明者，止審情節，屍傷欠確者，

力檢屍傷，慎勿一槩煩擾，以致生死俱累。

檢屍弗嫌凶穢，定宜逼近屍所，凝目相驗。稍稍移視他處，仵作人等，使可行私作弊，而況故作憎嫌廻避之狀，以開增減出入之門乎？每見官府坐於棚廠之內，仵作人等立於棚廠之外，相去不止數十步，而被犯鎖扭跪階，不使同看，惟憑屍親仵作喝報屍傷，或多增分寸，或亂報青紅，官府執筆登記，但爲此輩作謄錄生耳。徒有檢屍之名，絕無相驗之實，以重獄爲兒戲，直謂之草菅人命耳。及經上司批駁，再易檢官，再更仵作，或暗賣屍格，約與雷同分寸，或意欲重輕，增減疑似傷痕，駁而又駁，檢而復檢，是死者既以梃刃喪命於生前，又以蒸煮裂屍於身後，生死大故，人命關天，求問官注目一視而不可得，其冤酷遂至此哉！

檢屍之弊多端，難更僕數，其顯而易見者，備載洗冤等錄，人所共知。另有一種奇弊，謂之買屍造傷，不惟傷假，併屍亦假，令人其可測識。有等奸民，慣盜新墓中骸骨，以皁礬五棓蘇木等物，造出淺淡青紅等傷，賣與誣告人命者，賄通仵作，以此陷害讐家，或竟出仵作一人之手，取獲重利，檢官不能覺察，曾有釀成大獄者，所以檢屍一事最難，不但傷之眞假宜辨，併屍之眞假亦不可不辨也。

檢屍所以驗傷，驗傷者，驗屍主所告之傷，非驗所不告之傷也。屍主告驗詞內，言用某器打傷某處，即於所告之處驗之，觀所告與所驗對與不對，故曰驗傷猶之百姓告荒，而官府踏勘，止勘所告之處，驗其言之信否。至於不告之處，則雖有災荒，亦過而不問。又如百姓被盜而遞失單，至獲盜之日，所開何物，止追何物給之，其餘財帛，焉知非其所固有？皆可置而不論，同一理也。檢屍之官，倘不顧名思義，舍所告之處不驗而驗他處，或遍驗通身，則無論打傷之情確與不確，總無不抵命之人矣。何也？人生一世，自少至老，或失足致跌、或負重觸堅、或游戲被擊，血不流行，聚於一處，則彼處骨節之上，未有不帶傷痕者，輕則日久漸消，重則終身不散，如其不信，試將病死之人，取其骸骨蒸驗之，若果全身俱是白骨，絕無一點血痕，則檢驗之傷眞足憑矣，如其不然，則此種物理，尚須討論。常有問官不解此意，譬如屍主所告，原稱當頭一擊致死，及向渾身檢驗，尋出無數傷痕，盡入招詳申報，上司以傷痕不對，駁令復審，問官不肯認錯，隨增遍毆情節以實之。此非有意害人，止因此種物理，書籍不載，人所未聞，見有傷痕，即疑爭毆所致，有所憑而定罪，不爲冤殺無辜，故始終信之而不悔也。

論盜案

　　強盜初執到官，當察其私地受拷之形，狼狽與否，以為刑罰之寬嚴、詞色之喜怒。若見其步履如常，形體不甚踞促，自當示以震怒，加以嚴刑，非此則真情不能吐露，倘見有負傷甚重，神氣索然者，則宜平心靜氣以鞫之，且勿遽加刑拷。何也？以其正在垂斃之時，求生之念輕，緩死之念重，非責其供吐之難，責其供吐必實之難也。地方失事，保甲負疏虞之罪，捕快畏比較之嚴，往往扶同亂報，見有踪跡可疑之人，即指為盜，或係乞食貧民，或往時曾為竊盜者，無論是非，輒加綑懸，逼使招承，痛加箠楚，一語偶合，又令招扳夥伴，展轉相誣，誅求無已。及至送到公堂，業已一生九死，自揣私刑若此，官法可知，尚敢以口舌害肌膚，肌膚戕性命哉？初招一錯，以後則以訛傳訛，所謂差之毫釐，失之千里者，正在此時，不可不慎也。霽威曲訊，審視再三，彼真情不露於言詞，必露於神色，俟其有瑕可攻，而後繩以三尺，未為晚也。凡此皆以保善良，非以護盜賊，惟慮其似盜而非盜，故慎重若此。倘信其果為真盜，豈尚肯煦煦然以詞色假之哉？

　　強盜殺人之律，止於梟首，實有餘辜。常有一盜而手刃數人，至數十人者，即除為盜弗論，而以命抵命，其罪浮於律之分數，亦相倍蓰而無算矣，況有劫財燬室之強形，拒捕抗官之逆狀，甚有姦掠並行，俾事主之家巢卵俱空，而身名交喪者，無一不堪寸磔，而其罪止於一梟，豈以此輩之肉為不足食，故於一死之外，遂不復致詳歟？倘於此等重獄，而猶勸當事者予以哀矜，則不特為婦人之仁，直是以放虎縱狼為義，散鴆施毒為恩者矣。其有止於劫財，而未經殺人放火及姦淫者，始可用吾矜疑一念，推詳其入夥之由，審究其上盜之實，以贓之有無，定罪之出入，如贓真罪確，萬無生理，雖屬飢寒所使，亦難貸以國法，所謂如得其情，哀矜弗喜者，益為此輩言之也。或上盜而未得贓，與得贓而無主認者，皆可開一面，非故縱之也，益以後世無恒產之授，不能責其必有恒心，兼以保甲之法不行，或行之不力，令此輩得以藏奸，是為上者亦有過焉，不得概罪斯民故也。但此輩原屬無良，止可待以不死，萬勿遽與開籠，使得脫然事外，隸入胥靡，投之有北，俾狼心有制而不逞，庶善與惡兩不相妨，而解網之仁不致流為暴矣。

　　每獲真盜一夥，必害良民數十家，猶之衙蠹之中，有一人被訪，則親屬與讐家皆不能安枕，非慮扳贓，即防貽禍，同一轍也，故官長於盜賊之口，只宜抑之使閉，不當導之使開。即云盜夥未獲，真贓未起，難以定招結案，

勢必責令自供，然於此時此際，亦當內存不得已之心，外示無可奈何之色，每聞供報一人，必詳審數四而後落筆。但以又害一民為憂，勿以又添一盜為喜。益於初獲之首盜，尚慮其冤而多方軫恤，何況由幹而生枝，由枝而生葉者哉。近日世道澆漓，人心不古，良民供吐之言，尚不足信，何況天理蔑亡，良心喪盡之盜哉。

禁強必先禁竊，究盜不若究窩。涓涓不息，流為江河，小偷弗懲，其勢必為大盜，故於穿窬之獲，究之務盡其法，無論贓多證確，刺配無疑；即使偶犯贓輕，亦必痛懲幽繫，令親屬具結，保其改過，而後釋之。倘以飢寒所迫一語，橫踞於中，草草發落，是種大盜之根，愛之適以害之矣。至於窩盜之罪，更浮於盜，甯縱十盜，勿漏一窩，無深山不聚豺狼，無巨窩不來賊盜，窩即盜之源也。禁宰耕牛一事是弭盜良方，不知者僅以為修福，是實政而虛談之矣。益大盜必始於穿窬，而穿窬之發軔，又必以盜牛為事，何也？民間細軟之物，盡在臥榻之旁，非久於竊盜者，鮮不為其所覺，惟耕牛蓄之廊廡，且不善鳴，牽而出之甚易，盜牛入手，即售於屠宰之家，一殺之後，即無贓可認，是天下之物，最易盜者是牛，而民間被盜之物，最難獲者亦是牛，盜風之熾，未有不階於此者，彼屠牛之家，明知為盜來之物，而購之惟恐不速者，貪其賤耳。從來宰牛之場，即為盜賊化贓之地，禁此以息盜風，實是敦本澄源之法，而重農止殺，又有資於民生不淺，為民上者，亦何憚而弗力為哉？

論姦情

姦情有二：曰強、曰和。其章明較著而易斷者，莫若相姦，以捉姦必於姦所，姦夫淫婦，罪狀昭然，不敢不以實告故也。然而和姦之律，一杖之外無加焉，為民上者，即欲維持風教而除淫滌污之念，又窮於無所施、所恃，以挽回惡俗。整頓乾綱者，維強姦一律而已，又無奈強姦之真偽最難辨析，有其初原屬和姦，逮事發變羞，因羞成怒，而以強姦告者；有因爭寵二好，由愛生妒，由妒致爭，而以強姦首者；有親夫原屬賣姦，因姦夫財盡力竭，不能飽其谿壑，又戀戀不捨，拒絕無由，故告強姦以圖割絕者；又有報讎雪怨，而苦於理屈詞窮，不能保其必勝，故用妻子為誣賴計，令彼無從置辨者，此等詐妄之情，實難枚舉。即云呼救之時，聲聞於外，有鄰右之耳目可憑，捉姦之際，情迫於中，有奪獲之衣帽可據，然鄰右止聞聲音，不能以耳代目，衣帽雖云合體，奚難以竊為攘，聽訟者於此，將以為真也，而坐姦夫以死，則公道日詘而姦偽日滋，將以為偽也，而坐原告以誣，則善教愈阻而淫風愈熾。每見慈祥當事，遇此等

疑獄，皆以不斷斷之，置姦情於不問，但訊其以他事致爭之由，或責被犯之招尤，或懲原告之多事，誠以強姦重獄，審實即當論死，不若援引他情，朦朧結局，所謂不癡不聾，難作家翁者是也。予獨於此有深慮焉，好生固是美德，而綱常倫理亦非細故，人之異於禽獸者，僅有此牝牡之分，嫌疑之別耳。我以一念之姑息，而比斯民於禽獸，可乎？苟審得其實，果無始和中變，借姦誣害等情，即欲出之，亦必治以九死一生之法，庶足以快貞婦之心，而雪丈夫之恥。不然，為女子者何樂於拒姦守節而暴露於公庭？為之夫者，亦何樂有此守貞不屈之婦，而反以詩書所尚者為辱身玷名之具哉？強姦不分已成未成，有逼婦女自盡致死者，證據若真，斷宜坐抵，萬勿慈祥太過，而引他故出之。蓋據強姦之律，已當問絞，況又因姦致死人命乎？猶之強盜殺人，以一身而負兩大辟，死罪之外，既無可加，則死罪之中，亦無可減，但審強姦之情確與不確，則致死之真偽，不辯自明。苟姦情猶在疑似之間，則致死之由，尚難臆斷，幸勿膠柱斯言，而以形迹置人於死也。

律法事事從重，獨於姦情一節，竊訝其過輕，何也？淫為萬惡之首，而和姦止於一杖，又必獲於姦所，始以姦論。然則牀以下、房以外，皆他人酣睡之地乎？捉姦必以親夫，然則翁姑伯叔兄弟子姪之遇此，皆當袖手旁觀而莫之問乎？由此論之，則親夫遠出，捉姦無人，與夫在而善為提防，不致獲於姦所者，皆得快其淫亂之心矣。要知造律雖出於蕭何，而參酌必出於僚寀，祇以同時同事，有盜嫂受金之輩，故以恕己者恕人，而為天下姦夫淫婦，開此方便法門，後世相因，遂為成律耳。猶幸有夜入人家，登時打死勿論一語，稍寒其膽，不則，王法等於弁髦，而閭閻中冓之間，無牆不生茨矣。勸司風教者，每於此等惡俗，當嚴禁於未發之先，痛懲於已犯之後，不得因法網不密，又從而開拓之，使桑間濮上之風，馴至於莫知所底，斯名教之幸也，但不宜事事詳察，攻發民間之隱私，惟擇其姦狀最著者，劇創一二，遊遍通城，使家喻戶曉，知上人所痛惡者在此，則姦淫知戒，綱常不至掃地耳。

有詰者曰：「人命重獄，汝勸當事者輕之；姦情輕獄，汝勸當事者重之，亦何悖理太甚而重駭聽聞歟？」曰：「不然，姦情為人命所自出，重姦情者，非重姦情，正所以重人命也。姦夫親夫，勢不兩立，非彼殺此，即此殺彼，其未膏鋒刃者，特有待耳。況兩夫之間難為婦，以羞慚窘辱而自盡者，十中奚止一二哉？與其明冤於既死，何如消禍於未萌，以今日之鞭笞，代他年之殺戮，以一男一婦之鞭笞，代千人萬人之殺戮，其隱然造福者，正是無量，

豈止移風易俗，市勸化之虛名而已哉？」

　　凡審姦情最宜特重，切勿因其事涉風流，遂亦為褻嫚之詞以訊之。當思平時之舉動，原係觀瞻，而此際之威儀，尤關風教，稍涉詼諧，略假嚬笑，彼從旁睨視者，謬為官長喜說風情，樂於放蕩，無論姦者不悔其姦，且有不姦而強飾為姦，思以阿其所好者矣。至於讞牘之間，更宜慎重，切勿用綺語代莊，嬉笑當罵，一涉於此，則非小民犯姦之罪狀，反是官府誨淫之供招矣。總之，下民犯此，由於上人失教，苟有反躬罪己之心，方且垂涕泣之不暇，奚忍談笑而道之哉？

論一切詞訟

　　小民之好訟，未有甚於今日者。往時猶在郡邑紛呶，受其累者不過守令諸公而已，近來健訟之民，皆以府縣法輕，不足威攝同輩，必欲置之憲綱，又慮我控於縣，彼必控府；我控於府，彼必控道；我控於道，彼必控司控院，不若竟走極大衙門，自處於莫可誰何之地，即曰雌雄難卜，且徼倖於未審之先，作得一日上司原告，可免一日下司拘提，況又先據勝場，隱然有負嵎之勢，於是棨戟森嚴之地，變為鼠牙雀角之場矣。督撫司道諸公，欲不准理，無奈滿紙冤情，令人可悲可涕，又係極大之題，非關軍國錢糧，即繫身家性命，安有不為所動者？及至准批下屬，所告之狀，與所爭之事，絕不相蒙，如何審理？則為訟師者，因舊例必於原詞之外，別進一紙，名曰投狀，巧飾一二附會之語，依傍原詞，其餘盡述所爭之事，讞者得此，翻然大悟，始知從前盡屬虛文，此際繳歸正傳。噫！謬矣，何其厚待郡邑，而故欺之以其方；薄待上司，而必罔之以非其道哉！承問官若據原詞審理，則終年不得其實，不得不開自便之門，亦即據其投狀而為判斷，是小民欺罔之情，反為官府藏拙之地，有是理乎？竊謂好訟之民，敢於張大其詞，以聳憲聽，不慮審斷之無稽者，以恃有投狀一著為退步耳。原詞雖虛，投狀近實，以片語之真情，蓋彌天之大妄，不患問官不為我用，彼所恃以健訟者在此，我所恃以弭訟者亦在此。請督撫嚴下一令，永禁投詞，凡民間一切詞訟，止許一告一訴，此外不得再收片紙，另增名。上司批發此狀，即照此狀審理，實則竟為剖斷，虛則竟坐反誣，無許代為說詞，強加附會，若是，則止有初著，並無後著，即欲自蓋其欺而不得矣，尚敢以身家性命為孤注，而強試於不測之淵哉。若是，則所告之詞，即不能字字皆真，亦必虛實相半，狀詞至有一半真情，則當准與不當准，判如黑白，但須執法不移，永著為令，始有成效可觀，稍示

游移，則撓法梗令者至矣。蓋此法最便於廉吏，更便於良民，獨不便於奸胥猾吏及承粟之皂壯耳。何也？原狀所告，不過寥寥數人，常例有限，所恃爲蔓引株連，以飽其谿壑之欲者，惟投狀所添之人數耳。片紙不收，隻字不准，則是可飲者盡在壺中，豈復有不醉無歸之樂哉？惡其害己而令此法不行於世者，必此輩也夫！必此輩也夫！

祥刑末議

論刑具

　　刑具代有變更，其載在律條，一成而不可易者，厥數有六：曰笞、曰杖二者皆用荊條笞小杖大、曰訊即今之竹板有重罪不服責以訊之、曰枷項刑用以示眾、曰杻手刑俗名手杻、曰鐐足刑俗名腳鐐。視罪之重輕，爲刑之巨細，枷輕於杻鐐，訊輕於枷笞，杖又輕於訊，非極重之罪，有死無赦者，不用鐐杻；非罪犯眾怒，法當榜示以快人心者，不用枷。下此常用之具，則訊杖笞三者而已，杖笞止於臀受，訊則臀股分受，三者皆不及股灣，恐傷其足，當事者無不知之，此老吏常談，無庸贅述，言其未經道破者而已。有同一刑具，始用之而重，後用之而輕，今日用之而輕，明日用之而又重者，此其故非但官長不知，即訊之老誠隸卒，亦茫然不解。竊博諮群訪而得之，不敢不爲當事告，其候重候輕不可測識者，則以新舊燥濕之不同，而用刑之隸卒又漫不蓋藏，聽其露處故也。新設之具，其性倍堅，況竹木皆產於地，未有不帶濕氣者，惟用久則水性漸收，鋒鋩亦去，且與人之皮肉相習，故受者雖云痛楚，未必盡有性命之憂，新設者於此一一相左，其斃人最易。文太青作縣時，因舊枷剚敝不可用，欲置新者代之，慮其傷人，即以舊枷圈外之木，穴一新孔爲容項之地，外以新木環之，其不忍人之心如此，謂此意雖善，但覺慈祥太過，反近迂闊，語云物不用新，何由得舊。惟減其數而慎用之，亦足以全好生之德。凡此皆言新舊之別，當世亦間有知之者，至於蓋藏一節，則從來未講，每至訟庭，見挳指竹箆即竹板及夾棍扛子之屬，皆委之滴水簷下，纔值斜風細雨，便皆濕透，況值傾盆之簷溜乎，官長不察，隸卒不知，照晴明乾燥時，一例用刑，一般下手，以爲同此刑具耳。受者不死於往日，豈其獨死於今朝，不知輕重殊體，一既可以當三，燥濕異性，十還可以抵百，如其不信，但取一件刑具，先於乾燥時稱重幾觔，再於濕透時稱重幾觔，則受刑者之痛楚加倍不加倍，便可知已。然此猶論輕重之體，尚未闡明燥濕之性，請得而暢言之。尋常無罪之人，坐臥於

卑下斥鹵之地，隔以牀薦椅褥，尚有濕氣上蒸，浸入骨髓，染成劇病而不可醫者，況以濕潮之具，裂開其皮，而分析其肉，深入於腠理筋骨之間，尚冀其受而不病，病而不死，有是理乎？常有杖不數巡，而斃人於廡下，棍未去脛，而畢命於階前者，未必不由於此。伏願當世賢明長者，各於廳事左右，各置高廠廉屋一間，甃板於地，以防梅雨之月，濕氣上浸，安頓一切刑具，用則取出，不用則束而藏之，此高大于門之捷徑也，豈待平反大獄，祝網施仁，而後為陰德哉？衙門人役，有能講此理，互相勸諭，勤謹收藏，每至用刑之際，必量其新舊燥濕，以為下手之重輕，則陰德亦自無量，不獨官長蒙庥而已也。古人設枷之意，不過辱之而已，囊頭以木，榜其罪名，動本犯羞恥之心，令其悔過，亦使遠近為惡者見而知警，法止此矣，原非令之負戴而行，何必過於厚重，即使過於厚重，亦於罪人無害，徒損材料而已。何也？坐時原以他物支撐，行時亦有親人扛助，厚重之與輕薄，初無異耳，但知此刑專為亡賴者設，略有顏面身家者，甯置他法，勿用此刑，蓋以痛可忍，羞不可忍；血可滌，恥不可滌也。官府一念之轉移，繫百姓終身之榮辱，可不慎哉？

　　杻以攣手，鐐以拘足，皆所以防閑罪人，慮其兔脫故也。苟非大辟，即當存鐐去杻，以遂人情之便。何也？人身之用，足居其一，手居其九，非此則五官不能自運，既不置之死地即當遂其生機。使活潑有用之人，而為行屍坐肉，不但非情，亦非法耳。至於婦人女子，雖犯死罪，例不加杻，為其飲食便溺，不可假手於人，重男女之別也。人謂後世之法寬於前古，以其無刖足之刑也。余謂多用夾棍，多敲扛子，便是刖足之刑，猶之殺人以梃與刃，初無分別，朝廷立法苛與不苛，有何定額？只在用刑者之慎不慎耳。夾棍扛子於法為極重，萬不得已而用之，非常刑也，惟強盜人命，眾口咸證為實，即司讞者原情度理，亦信其真，而本犯堅不承招，不得不用此法，然以是威之，非以是殺之也。可試而不可用，可一用而不可再用，夾棍之得力處，全在將收不收之時，此時所招，多是真招，若待收夾加扛，此時供吐之言，十只可聽其一，併此一句，亦須待放鬆之後再訊，以定其果否。常有一夾不招而至再夾，再夾不招而至三夾者，即使滿口供承，總非確據。以其出於口者，非復由中之言，猶病極而為譫語，據此定案，非惟陰隲所關，倘遇慈祥之上臺，解網之恤部，霽威曲訊，仍吐真情，則前案可翻，亦足以妨神明之譽耳。至非人命強盜及謀叛重情，此等峻法嚴刑，即終身不用，亦未為不可。

論監獄

罪有輕重，則監有深淺，非死罪不入深監，非軍徒不入淺監，此定法也。下此則欽犯防蠹，慮其疏虞，不得不附入監籍，自茲以往，則非其人矣。飭下屬之清監，戒佐貳之濫禁，隄防獄卒，勿使殘虐罪囚，潔淨圜扉，無致釀成瘟疫，此郡邑諸公之恒事，亦守巡各憲之常規也。獨提緊關二事，一爲生死所繫，一爲名節所關，留心民瘼者，請諦聽之，罪人之死於牢獄，天年者少，非命者多，有獄迓詐索不遂，凌虐致死者，有讐家賄買獄卒，設計致死者，有夥盜通同獄卒，致死首犯以滅口者，有獄霸放債逞凶，坑貧取利，因而拷逼致死者，有無錢通賄，斷其獄食，視病不報，直待垂死而遞病呈，甚至死後方補病呈者，酷弊冤苦，種種不一。雖因吏卒之逞凶，實由官長之不察，我雖不殺伯仁，伯仁由我而死，豈得以「瘐斃」二字，草草申詳，遂畢典守監倉之重任哉？與其追究於死後，不若申飭於生前，時時稽察獄中，勿令此輩魚肉囚犯。囚犯有疾，責令早具病呈，一見病呈，即取囚親告治結狀，調治不痊者，取屍親告領結狀，一併粘連，以爲申報上司之地。囚犯無親屬者，以里甲鄉右代之，盜賊無鄉貫者，以刑房書吏代之，愼密若此，非但奸弊不叢，保全生命，亦可取信上司，自立於無過之地。常有要緊囚犯，瘐斃是眞，上司不信，疑府州縣官匿取贓私，慮其攻訐，自討病呈以滅口者，爲人即以自爲，不可不愼也。

婦人非犯重辟，不得輕易收監，此情此理，夫人而知之也。然亦有知其不可而偶一爲之，不能終守此戒者，以知其淺而不知其深，計其暫而不計其後也，所謂知其淺知其暫者，止以獄中人數眾多，施強暴於眾人屬目之地，不待貞者而後拒之，施羈旋釋者，未必盡有失節之事也。不知婦人幽繫一宵，則終身不能自白，無論鄉鄰咸訾，里巷交傳，即至親如父母，恩愛若良人，亦難深信其無他，常見有婦人犯罪，不死於拘攣桎梏之時，而死於羞慚悔恨之後者，職此之由，爲民上者，一念稍寬，保全幾許節操，一時偶刻，玷辱無限聲名，婦人有必不可寬之罪，勢必繫之獄者，惟謀殺親夫、毆殺舅姑二項，亦必審實定案而後納之，此外即有重罪，非著穩婆看守，即發親屬保回，總令法度綱常並行不悖而已矣。

（《皇朝經世文編》卷九十四　〈刑政〉五治獄下　善化賀長齡耦庚輯）

附錄二

　　孫楷第之「李笠翁著無聲戲即連城璧解題」，多引連城璧序與無聲戲僞齋主人序文之出入爲據。今錄孫氏附注之序文于后，以備參考。

連城璧序 馬氏藏本題合集序

　　迷而不悟，江河日下而不可返，此等世界，懲下能得之於夏楚，勸不能得之於道 馬本作遒是鐸；每在文人筆端，能使好善之心蘇蘇而運，惡惡之念油油而口。馬本爲生字 乃知天下能言之流，有裨世道不淺。吾友屏絕塵氛，馬本作笠翁近居湖上 閉戶掞管，頟頟不休，視其書，非傳奇即稗官野史。予謂古人著書，如班固袁宏賈逵鄭玄之徒；皆以經史傳當世，子何屑屑此事焉？馬本焉作爲 吾友馬本作笠翁微笑不答。予因取其所著之書，趺坐冷然亭上，焚香煮茗而讀之。自序因至此二十一字馬本作予因取無聲戲一集暨風箏誤憐香伴諸傳奇而讀之 其深心具見於是，極人情詭變，天道渺微，從巧心慧舌筆筆鉤出，使觀者于心猋熛騰之時，忽如冷水浹背，不自知好善心生，惡惡念起。予因拍案大呼，吾友馬本作李子詢當世「有心人哉！經史之學，僅可悟儒流，何如此爲大眾慈航也。裴光庭有言曰：但見情僞變詐於是乎生，不知忠信節義于是乎在。其斯之謂歟？故予于前後二集皆爲評次茲復合兩者而一之。稍可撙節者必爲逸去，其意使人不病高價，則天下」 自有心人哉至此九十二字在馬本爲第三葉下半葉第四葉上半葉之文爲書賈撕去今以「」標出 之人皆得見其書。天下之人皆得見其書，而吾友維持世道人心亦沛然遍于天下。

　　睡鄉祭酒漫題

附錄三

明清戲劇之發展益盛，不特作者林立，作品豐富，其劇種亦不單純。今按盧前明清戲曲史所列先後，參以羅錦堂編著明代劇作家考略所載，簡介明萬曆至清康熙，凡六七十年間之劇作家及作品，以見笠翁所處之戲劇環境。

（◎表兼撰傳奇、雜劇　○表單撰雜劇者　不加符號為只撰傳奇者）

姓　　名	籍　　貫	作　　　品
張鳳翼	江蘇吳縣	〔傳奇〕：紅拂、祝髮、竊符、虎符、灌園、扊扅六種，總題陽春六集。平播記（存目）。
◎梁辰魚	江蘇崑山	〔傳奇〕：浣紗記、鴛鴦記（存目）。 〔雜劇〕：紅線女夜盜黃金盒、紅綃妓女手語情傳（佚）、無雙補傳（佚）。
○胡汝嘉	江蘇金陵	〔雜劇〕：紅線（失傳）。
屠　隆	浙江鄞縣	〔傳奇〕：曇花記、綵毫記、修文記。
湯顯祖	江西臨川	〔傳奇〕：還魂記、紫釵記、邯鄲夢、南柯記、紫簫記。
沈璟	江蘇吳江	〔傳奇〕：紅蕖記、埋劍記、雙魚記、義俠記、桃符記、墜釵記、博笑記。分錢記（殘）、十孝記（殘）。合衫記（以下未傳），鴛衾記、分柑記、四異記、鑿井記、珠串記、奇節記、結髮記。
顧大典	江蘇吳江	〔傳奇〕：青衫記。葛衣記（散齣）。義乳記（存目）、風教編（存目）。
◎葉憲祖	浙江餘姚	〔傳奇〕：鸞鎞記、金鎖記。玉麟記（以下存目）、雙卿記、雙修記、寶鈴記。灌將軍使酒罵座記等十二種，另芙蓉屏等十二種失傳。
卜世臣	浙江秀水	〔傳奇〕：冬青記。乞麾記（佚）、雙串記（佚）。

◎呂天成	浙江餘姚	〔傳奇〕：共十六種，失傳者有神鏡記、金合記等十三種，待考者有三種。 〔雜劇〕：齊東絕倒。秀才送妾等七種失傳。
◎汪廷訥	安徽休寧	〔傳奇〕：獅吼記、投桃記、三祝記、種玉記、彩舟記、義烈記。二閣記等三種，僅見散齣。高士記等四種未傳。 〔雜劇〕：廣陵月重會姻緣。青梅佳句等五種失傳。
◎梅鼎祚	安徽宣城	〔傳奇〕：玉合記、長命縷。玉導記（未完成）。 〔雜劇〕：崑崙奴劍俠成仙。
◎陳與郊	浙江海寧	〔傳奇〕：鸚鵡洲、櫻桃夢、麒麟閣、靈寶刀。 〔雜劇〕：昭君出塞、文姬入塞、袁氏義犬。淮陰侯（失傳）、中山狼（失傳）。
○王　衡	江蘇太倉	〔雜劇〕：王摩詰拍碎鬱輪袍、沒奈何哭倒長安街、再生緣。裴湛和合（佚）。
張四維	河北元城	〔傳奇〕：雙烈記。章台柳（未見）。
許自昌	江蘇吳縣	〔傳奇〕：水滸傳、橘浦記。靈犀佩等五種佚。
鄭之文	江西南城	〔傳奇〕：旗亭記。白練裙（存目）、芍藥記（存目）。
◎徐復祚	江蘇常熟	〔傳奇〕：紅梨記、投梭記、宵光劍。 〔雜劇〕：一文錢。梧桐雨（佚）。
高濂	浙江杭州	〔傳奇〕：玉簪記、節孝記。
周朝俊	浙江鄞縣	〔傳奇〕：紅梅記。香玉記（存目）、李丹記（存目）。
王玉峯	江蘇松江	〔傳奇〕：焚香記。
周履靖	浙江秀水	〔傳奇〕：錦箋記。
朱　鼎	江蘇崑山	〔傳奇〕：玉鏡臺記。
金懷玉	浙江會稽	〔傳奇〕：望雲記。桃花記（殘）。香毬記等八種，但存目。
沈　鯨	浙江平湖	〔傳奇〕：雙珠記、鮫綃記。分鞋記（散齣）、青瑣記（散齣）。
吳世美	浙江湖州	〔傳奇〕：驚鴻記。
◎陳汝元	浙江會稽	〔傳奇〕：金蓮記。紫環記（不傳）、太霞記（不傳）。 〔雜劇〕：紅蓮債。
◎王　澹	浙江會稽	〔傳奇〕：雙合記等五種，不傳。 〔雜劇〕：櫻桃園。
◎林　章	福建福清	〔傳奇〕：觀燈記、青虬記均不傳。 〔雜劇〕：青虹記，不傳。
◎胡文煥	浙江杭州	〔傳奇〕：犀佩記、餘慶記均佚。 〔雜劇〕：桂花風。

單　本	浙江會稽	〔傳奇〕：蕉帕記。露綬記（存目）。
◎車任遠	浙江上虞	〔傳奇〕：彈鋏記。 〔雜劇〕：蕉鹿夢。高唐夢等四種不傳。
謝　讜	浙江上虞	〔傳奇〕：四喜記。
陸江樓	浙江杭州	〔傳奇〕：玉釵記（佚）。
鄭國軒	浙江	〔傳奇〕：自蛇記。牡丹記（存目）。
陸華甫	江蘇金陵	〔傳奇〕：雙鳳記。
葉良表		〔傳奇〕：分金記。
龍　膺	湖南常德	〔傳奇〕：藍橋記、金門記均不傳。
戴子晉	浙江永嘉	〔傳奇〕：青蓮記、鞦韆記均不傳。
祝長生	浙江海鹽	〔傳奇〕：紅葉記（未傳）。
顧允默	江蘇崑山	〔傳奇〕：五鼎記（殘）。
顧允燾	江蘇崑山	〔傳奇〕：椒觴記（未傳）。
黃伯羽	江蘇上海	〔傳奇〕：蛟虎記（未傳）。
秦鳴雷	浙江天台	〔傳奇〕：合釵記。
謝廷諒	湖廣	〔傳奇〕：紈扇記（佚）。離魂記、詩囊均未傳。
章大綸	浙江杭州	〔傳奇〕：符節記（佚）。
張太和	浙江杭州	〔傳奇〕：紅拂記（未傳）。
錢直之	浙江杭州	〔傳奇〕：忠節記（未傳）。
金無垢	浙江鄞縣	〔傳奇〕：呼盧記（散失）。
程文修	浙江杭州	〔傳奇〕：玉香記（散失）、望雲記（未傳）。
吳大震	安徽休寧	〔傳奇〕：龍劍記、練囊記均未傳。
○茅　維	浙江歸安	〔雜劇〕：蘇園翁、秦廷筑、金門戟、鬧門神、雙合歡。
○葉小紈	江蘇吳江	〔雜劇〕：鴛鴦賺。
范文若	江蘇松江	〔傳奇〕：花筵賺、夢花酣、鴛鴦棒。生死夫妻等六種散佚。倩畫姻等四種存目。
◎袁于令	江蘇吳縣	〔傳奇〕：西樓記。〔雜劇〕：雙鶯傳。
◎孟稱舜	浙江會稽	〔傳奇〕：嬌紅記、貞文記、二胥記。 〔雜劇〕：桃花人面、死裏逃生、花前一笑、鄭節度殘唐再創、陳教授泣賦眼兒媚。紅顏年少（佚）。
○沈自徵	江蘇吳江	〔雜劇〕：傻狂生喬臉鞭歌妓、楊升庵詩酒簪花髻、杜秀才痛哭霸亭秋。
沈自晉	江蘇吳江	〔傳奇〕：望湖亭。

阮大鋮	安徽安慶	〔傳奇〕：十誤錯（一名春燈謎）、燕子箋、牟尼合、雙金榜。
○卓人月	浙江杭州	〔雜劇〕：花舫緣。
○王夫之		〔雜劇〕：龍舟會。
○凌濛初	浙江湖州	〔雜劇〕：識英雄紅拂奔擇配、虯髯翁正本扶餘國、宋公明鬧元宵、顛倒姻緣。驀忽姻緣等五種未傳。
◎徐石麒	江蘇江都	〔傳奇〕：珊瑚鞭、九奇緣、胭脂虎。 〔雜劇〕：買花錢、大轉輪、浮西施、拈花笑。
吳　炳	江蘇宜興	〔傳奇〕：綠牡丹、療妒羹、畫中人、西園記、情郵記。
李　玉	江蘇吳縣	〔傳奇〕：一捧雪、人獸關、永團圓、占花魁、麒麟閣、風雪會等三十三種。
◎吳偉業	江蘇太倉	〔傳奇〕：秣陵春。〔雜劇〕：通天台、臨春閣。
李　漁	浙江蘭谿	〔傳奇〕：憐香伴、意中緣、慎鸞交、風箏誤、巧團圓、奈何天、蜃中樓、凰求鳳、比目魚、玉搔頭。
◎尤　侗	江蘇吳縣	〔傳奇〕：鈞天樂。〔雜劇〕：讀離騷、弔琵琶、桃花源、黑白衛、清平調。

附錄四

宜黃縣戲神清源師廟記　　湯顯祖

　　人生而有情。思歡怒愁，感於幽微，流乎嘯歌，形諸動搖。或一往而盡，或積日而不能自休。蓋自鳳凰鳥獸以至巴渝夷鬼，無不能舞能歌，以靈機自相轉活，而況吾人。奇哉清源師，演古先神聖八能千唱之節，而爲此道。初止爨弄參鶻，後稍爲末泥三姑旦等雜劇傳奇。長者折至半百，短者折才四耳。生天生地生鬼生神，極人物之萬途，攢古今之千變。一勾欄之上，幾色目之中，無不紆徐煥眩，頓挫徘徊。恍然如見千秋之人，發夢中之事。使天下之人無故而喜，無故而悲。或語或嘿，或鼓或疲，或端冕而聽，或側弁而咍，或闚觀而笑，或市湧而排。乃至貴倨弛傲，貧嗇爭施。瞽者欲玩，聾者欲聽，啞者欲嘆，跛者欲起。無情者可使有情，無聲者可使有聲。寂可使諠，諠可使寂，飢可使飽，醉可使醒，行可以留，臥可以興。鄙者欲艷，頑者欲靈。可以合君臣之節，可以浹父子之恩，可以增長幼之睦，可以動夫婦之歡，可以發賓友之儀，可以釋怨毒之結，可以已愁憒之疾，可以渾庸鄙之好。然則斯道也，孝子以事其親，敬長而娛死；仁人以此奉其尊，享帝而事鬼；老者以此終，少者以此長。外戶可以不閉，嗜欲以少營。人有此聲，家有此道，疫癘不作，天下和平。豈非以人情之大竇，爲名教之至樂也哉。

　　予聞清源，西川灌口神也。爲人美好，以遊戲而得道，流此教於人間。訖無祠者。子弟開呵時一醪之，唱囉哩嗹而已。予每爲恨。諸生誦法孔子，所在有祠；佛老氏弟子各有其祠。清源師號爲得道，弟子盈天下，不減二氏，而無祠者。豈非非樂之徒，以其道爲戲相詬病耶。

此道有南北。南則崑山之次爲海鹽。吳浙音也。其體局靜好，以拍爲之節。江以西弋陽，其節以鼓。其調諠。至嘉靖而弋陽之調絕，變爲樂平，爲徽青陽。我宜黃譚大司馬綸聞而惡之。自喜得治兵於浙，以浙人歸教其鄉子弟，能爲海鹽聲。大司馬死二十餘年矣，食其技者殆千餘人。聚而詬於予曰：「吾屬以此養老長幼長世，而清源祖師無祠，不可。」予問儻以大司馬從祀乎。曰：「不敢。止以田竇二將軍配食也。」予頷之，而進諸弟子語之曰：「汝知所以爲清源祖師之道乎？一汝神，端而虛。擇良師妙侶，博解其詞，而通領其意。動則觀天地人鬼世器之變，靜則思之。絕父母骨肉之累，忘寢與食。少者守精魂以修容，長者食恬淡以修聲。爲旦者常自作女想，爲男者常欲如其人。其奏之也，抗之入青雲，抑之如絕絲，圓好如珠環，不竭如清泉。微妙之極，乃至有聞而無聲，目擊而道存。使舞蹈者不知情之所自來，賞嘆者不知神之所自止。若觀幻人者之欲殺偃師而奏咸池者之無怠也。若然者，乃可爲清源祖師之弟子。進於道矣。諸生旦其勉之，無令大司馬長嘆於夜臺，曰，奈何我死而此道絕也。」迺爲序之以記。

〔箋〕　葉德均

記云「大司馬死二十餘年矣」，據明史七卿年表及卷二二二本傳，兵部尚書譚綸，撫州宜黃人，萬曆五年四月卒。文當作於萬曆二十六年顯祖家居後，三十四年前。據實錄，嘉靖三十九年（西元1560年）九月，陞浙江按察使巡視海道副使譚綸爲浙江布政使司右參政，仍兼副使巡視如舊。海鹽腔傳入江西，形成宜黃腔，距此文寫作時不過四十年左右。按，此記可注意者三。一、宜伶盛行於江西，實爲江西化即弋陽化之海鹽腔。二、宜伶人數達千餘人之多，足見其盛。湯顯祖殆爲此戲曲運動之領袖人物。三、據詩寄呂麟趾三十韻：「曲畏宜伶促」、帥從升兄弟園上作四首之三：「小園須著小宜伶」、寄生腳張羅二恨吳迎旦口號二首之一：「暗向清源祠下咒，教迎啼徹杜鵑聲」、送錢簡棲還吳二首之一：「離歌分付小宜黃」、遣宜伶汝寧爲前宛平伶李龔美郎中壽、九日遣宜伶赴甘參知永新、唱二夢：「宜伶相伴酒中禪」及尺牘之四復甘義麓：「弟之愛宜伶學二夢」等，知玉茗堂曲之演唱者實爲宜伶。明乎此，乃恍然於尺牘之四答凌初成云「不佞生非吳、越通，智意短陋」；又云「不佞牡丹亭記，大受呂玉繩改竄，云便吳歌」：是原不爲崑山腔作也。當時水磨調盛行，地方戲爲士大夫及傳奇作家所不齒，湯氏乃特立獨行，寧拗盡天下人

嗓子而不顧，以其一代才華爲江右之鄉音俗調。惟其不勉爲吳儂軟語，其情至處人所莫及。玉茗堂傳奇改編者特多，變宜黃爲崑山也。其不協律處一曲或數見，蓋原爲便宜伶，不便吳優也，協宜黃腔之律而無意協崑腔之律也。

（見引湯顯祖集　詩文集卷三十四玉茗堂文之七——記）

附錄五

　　有明劇作最盛，作家輩出，今據六十種曲，于每劇首齣作者自抒胸臆之格式中，試探當日劇作家之戲劇價值觀。

（一）標舉仁義，有裨風化

朱　權　荊釵記

　　〔臨江僊〕〔末上〕一段新奇眞故事。須教兩極馳名。三千今古腹中存。開言驚四座。打動五靈神。六府齊才并七步。八方豪氣凌雲。歌聲過住九霄雲。十分全會者。少不得仁義禮先行。

邵　璨　香囊記

　　〔鷓鴣天〕〔末上〕一曲清歌酒一巡。梨園風月四時新。人生得意須行樂。只恐花飛減卻春。　今即古。假爲眞。從教感起座間人。傳奇莫作尋常看。識義由來可立身。

鄭若庸　玉玦記

　　〔月下笛〕〔末上〕日月跳丸。黃花綻了。幾番重九。英雄袖手。阻風雲。困圭寶。閑將五色胸中線。雜組懸河辯口。貴坐間談虎。慢然神變。試教霑袖。　和璧悲瑕垢。恨紅殞啼花。翠眉顰柳。揚州夢覺。是非一笑何有。從來敏德多畦徑。爲看盤銘在否。這優孟諷諫君聽取。謾嘲悠謬。

王世貞　鳴鳳記

　　〔西江月〕〔末上〕秋月春花易老。賞心樂事難憑。蠅頭蝸角總非眞。惟有綱常一定。四友三仁作古。雙忠八義齊名。龍飛嘉靖聖明君。忠義賢良可慶。

張鳳翼　灌園記

〔東風齊著力〕〔末上〕華屋珠簾。壽山福海。別是風煙。玉舩滿泛。正好醉瓊筵。多少賞心樂事。笙歌沸似聽鈞天。新聲奏。一翻金縷。不改青編。　往事演齊燕。歎忠臣慷慨。孝子逃遭。竄身灌溉。潛地結良緣。幸有宗英爲將。出奇計坤轉乾旋。摧強敵。一時匡復。千載名傳。

不著撰人　運甓記

〔齊天樂〕〔副末開場〕畫堂今日歌金縷。座集貂蟬簪組。酒進霞觴。屏開雲母。次第裝今演古。徧觀樂府。盡麗曲妖詞。宣淫導頗。過眼生憎。細追尋風化終無補。　暫且移宮換羽。勸君休覷做等閒儔伍。宛轉鶯喉。輕敲象板。訴出忠良肺腑。循腔按譜。漸引入陶陶醉鄉深處。潦倒金尊。暢飲娛賓主。

屠　隆　曇花記

〔玉女搖仙珮〕〔末上〕千秋壯氣。一點靈臺。蹭蹬風雲世路。貝葉香廬。桃花僊塢。急辦英雄退步。妝閣陳歌舞。歎風流一往。都無深趣。請細看璃宮繡戶。盡屬衰草寒烟荒土。何物最傷情。墓上牛羊。天邊烏兔。　追省楚宮掩袖。漢殿裁紈。總是娥眉生妒。燒卻彩毫。鮑郎才盡。何事又拈綺語。身在清虛府。須不是當日。雕龍繡虎。試娓娓光明慧月。廉纖法雨。湼槃甘露。人應悟。別開一種金函部。

朱　鼎　玉鏡臺記

〔燕臺春〕〔末上〕時序變遷。滄桑翻覆。乾坤幾見紛更。唐虞世遠。人馳蠅利蝸名。營營虛度浮生。賴扶植綱常。維持名教。中流砥柱。眼底誰能。　古今詞傳。紛紛迭出。雕鎪矯揉。蟲技轟轟。更有朱絃囊錦鶯簧三傳。調古音清。白雪陽春。金聲玉振恁人聽。憑君看取。雄詞驚四座。壓倒群英。

張　景　飛丸

〔西江月〕〔末〕春樹生香易散。浮雲變態無常。洪崖風月景偏長。笑劇場中無恙。　身世空中白戰。功名覺後黃梁。肩撐四大頂三綱。萬古聲名影響。

（二）人世無常，流光易逝，且向樽前，慷慨當歌，行樂即時。

施　惠　幽閨記

〔西江月〕〔副末上〕輕薄人情似紙。遷移世事如棋。今來古往不勝悲。何用虛言虛利。遇景且須行樂。當場謾共啣杯。莫教花落子規啼。懊恨春光去矣。

沈　采　千金記

〔滿庭芳〕〔末上〕世態有常有變。英雄能弱能強，從來海水斗難量。運乖金失色。時至鐵生光。　休論先期勝負。何須預扣興亡。高歌一曲解愁腸。柳遮庭院綠。花覆酒樽香。

沈受先　三元記

〔西江月〕〔末上〕秋月春花似水流。等閒白了少年頭。玉津金谷無陳跡。漢寢唐陵失故坵。對酒當歌須慷慨。逢場作樂任優游。紅塵滾滾迷車馬。且向樽前一醉休。

陸　采　明珠記

〔聖無憂〕〔副末上〕人世歡娛少。眼前光景流星。青春不樂空頭白。老大損風情。　喜遇心閒意美。更逢日麗花明。主人情重須沈醉。莫放酒盃停。

〔南歌子〕清新樂府唱堪聽。遏雲行。鳳鸞鳴。宮怨閨愁。就裏訴分明。掩過西廂花月色。又撥斷琵琶聲。　佳人才子古難幷。苦難分。巧完成。離合悲歡只在眼前生。四座知音須拱聽。歌正好。酒頻傾。

陸　采　懷香記

〔青玉案〕〔末上〕悠悠世事風雲狀。得失何須苦惆悵。綠水青山周四望。名繮利鎖。心猿意馬。因此都拋漾。　勸君亦莫思三上。且向歌臺聽寶障。淺淺斟兮低低唱。伯夷清餓。子淵貧夭。總是蓬蒿葬。

張鳳翼　紅拂記

〔青玉案〕〔末上〕人生南北如歧路。世事悠悠等風絮。造化小兒無定據。翻來覆去。倒橫直豎。眼見都如許。　時來有志須遭遇。卻笑風流賦枯樹。坎止流行應有數。良辰美景。賞心樂事。一曲飛觴羽。

顧大典　青衫記

〔看花回〕〔末上〕屈指勞生百歲期。榮瘁相隨。名牽利縮逡巡過。奈兩輪玉走金飛。紅顏成皓首。極品何爲。　塵事常多雅會稀。忍不開眉。畫堂歌管深深處。難忘酒盞花枝。醉鄉風景好。攜手同歸。

梅鼎祚　玉合記

〔玉樓春〕〔末上〕畫堂春色濃於酒。花插盈頭盃到手。百年三萬六千場。人世難逢開笑口。　青天高朗間搔首。眼底英雄誰更有。試歌垂柳覓章臺。昔日青青今在否。

許自昌　水滸記

〔玉樓春〕〔末上〕東城漸覺風光好。皺縠波紋迎客棹。綠楊煙外曉雲輕。紅杏枝頭春意鬧。　浮生常恨歡娛少。肯愛千金輕一笑。為君持酒勸斜陽。且向花間留晚照。

徐復祚　投梭記

〔瑤輪第七〕〔末上〕瑤輪先生貌已焦。何事復呶呶。自從世棄。屏居海畔。煞也無聊。況妻身號冷。子腹啼枵。不將三寸管。何處覓逍遙。　算來日月。只有酒堪澆。一醉樂陶陶。自歌自舞。自斟自酌。暮暮朝朝。但清風無偶。明月難邀。聊將離索意。說向古人豪。

徐復祚　紅梨記

〔瑤輪第五曲〕〔末上〕華堂開。珧筵列。尊俎雖陳。主賓未浹。且將行酒付優伶。喜轉眼間悲懽聚別。也非關朝家事業。也非關市曹瑣屑。打點笑口頻開。此夜只譚風月。　論賣文。生涯拙。豈是誇多。何曾鬭捷。從來抱膝便長吟。覺一霎時壯心蹔折。也無甚搬枝運節。也無甚陽秋衮鉞。若還見者吹毛。甘罵老饒舌。

周履靖　錦箋記

〔西江月〕〔末上〕身外閒愁莫惹。眼前聲伎堪規。一生聚散與歡悲。消得簷前寸晷。　謾道夢長夢短。總將傀儡搬提。清歌雅宴且追隨。亦是百年良會。

單　本　蕉帕記

〔滿庭芳〕〔末上〕淨洗鉛華。單塡本色。從來曲有他腸。作詩容易。此道久荒唐屈指當今海內。論詞手幾個周郎。笑他行。非傷綺語。便落腐儒鄉。　不才嗟落魄。胸中無字。一味疎狂，但酒間花畔。長聽商量。也學邯鄲腳步。胡謅弄幾曲登場。知音客。休言鮑老。不會舞郎當。

謝　讜　四喜記

〔西江月〕〔末上〕人世難逢四喜。浮生不滿百年。有花有酒即神仙。雲鬢等閒霜變。　主敬固能作聖。風流亦可稱賢。調宮弄羽樂吾天。軒冕崢嶸何羨。

楊　珽　龍膏記

〔玉樓春〕〔末上〕樓臺絕勝宜春苑。此外俗塵都不染。飛花送酒舞前簷。好鳥迎春歌後院。　且看欲盡花經眼。青鏡流年驚髮變。玉壺春酒正堪攜。莫惜追歡歌吹晚。

（三）借詞曲酒杯，以澆作者胸中塊壘。

徐畖撰　龍子猶刪定　殺狗記

〔滿江紅〕〔末上〕鐵硯毛錐。幾年向文場馳逐。任雕龍手段。俯頭屈足。浪跡渾如萍逐水。虛名好似聲傳谷。笑半生夢裏鬢添霜。空碌碌。　酒人中。聊托宿。詩社內。聊容足。價嘲風弄月。品紅評綠。點染新詞別樣錦。推敲舊譜無瑕玉。管風流領袖播千秋。英雄獨。

梁辰魚　浣紗記

〔紅林檎近〕〔末上〕佳客難重遇。勝游不再逢。夜月映臺館。春風叩簾櫳。何暇談名說利。漫自倚翠偎紅。請看換羽移宮。興廢酒杯中。　驥足悲伏櫪。鴻翼困樊籠。試尋往古。傷心全寄詞鋒。問何人作此。平生慷慨。負薪吳市梁伯龍。

（四）撰詞以慶昇平

崔時佩　字景雲　西廂記

〔順水調歌〕〔末上〕大明一統國。皇帝萬年春。五星聚奎。偃武又修文。托賴一人有慶。坐見八方無事。四海盡歸仁。如此太平世。正是賞花辰。　遇高人。論心事。搜古今。移宮換調。萬象一回新。惟願賢才進用。禮樂詩文。一腔風月事。傳與世間聞。

參考書目

一、

1. 《史記》，〔漢〕司馬遷，藝文印書館。

2. 《明世宗實錄》，民國 51 年版。

3. 《明史》，百衲本二十四史，臺灣商務印書館。

4. 《農政全書》，〔明〕徐光啓，臺灣商務印書館國學基本叢書。

5. 《揚州十日記》，王秀楚，台北廣文書局，民國 60 年。

6. 《福惠全書》，〔清〕黃六鴻撰，小畑行簡訓詁，山根幸夫解題，九思出版社，民國 67 年 10 月 10 日台一版。

7. 《李文襄公（之芳）年譜》，清康熙，程光榁，文海出版社近代中國史料叢刊分類選集，民國 61 年 2 月初版。

8. 《國朝耆獻類徵初編》，〔清〕李桓輯錄，文友書店。

9. 《廿二史劄記》，〔清〕趙翼，臺灣商務印書館國學基本叢書。

10. 《光緒蘭谿縣志》，據〔清〕秦簧等修，〔清〕唐壬森纂，清光緒十四年刊本，影印，成文出版社中國方志叢書，民國 59 年 7 月台一版。

11. 《光緒金華縣志》，據清，鄧鍾玉等纂修，〔清〕光緒二十年修，影印，成文出版社中國方志叢書，民國 23 年鉛字重印本，民國 59 年 7 月台一版。

12. 《東城志略》，據清陳作霖等編，〔清〕光緒二十六年刊本，影印，成文出版社金陵瑣志，民國 59 年台一版。

13. 《皇朝經世文編》，〔清〕賀長齡主編，世界書局，民國 53 年 6 月初版。

14. 《清代通史》，蕭一山，上海商務印書館，民國 21 年 9 月國難後第一版。

15. 《中國近世文化史》，陳安世，華世出版社，民國 66 年 5 月台一版。

16. 《傳統中國政府對城市商人的統制》，楊聯陞著，段昌國譯，聯經出版社

中國思想與制度論集，民國 66 年 8 月修訂第二次印行。

二、

1. 《明儒學案》，〔明〕黃宗羲，四部備要子部。

2. 《清代學術概論》，梁啓超，臺灣中華書局，民國 63 年 10 月台八版。

3. 《中國近三百年學術史》，梁啓超，臺灣中華書局，民國 67 年 9 月臺九版。

三、

1. 《全元散曲》，明倫出版社，民國 64 年 4 月再版。

2. 《元人雜劇選注》，明倫出版社，民國 64 年 11 月初版。

3. 《中原音韻》，元，周德清，藝文印書館，民國 61 年 6 月再版。

4. 《湯顯祖全集》，〔明〕湯顯祖撰，葉德均箋，洪氏出版社，民國 64 年 3 月 1 日初版。

5. 《太和正音譜》，〔明〕朱權，鼎文書局歷代詩史長編二輯，民國 63 年 2 月初版。

6. 《南詞敘錄》，〔明〕徐渭，同上。

7. 《顧曲雜言》，〔明〕沈德符，同上。

8. 《曲藻》，〔明〕王世貞，同上。

9. 《曲律》，〔明〕王驥德，同上。

10. 《曲論》，〔明〕徐復祚，同上。

11. 《曲律》，〔明〕魏良輔，同上。

12. 《絃索辨訛》，〔明〕沈寵綏，鼎文書局歷代詩史長編二輯，民國 63 年 2 月初版。

13. 《樂府傳聲》，〔清〕徐大椿，同上。

14. 《曲話》，〔清〕梁廷枏，同上。

15. 《菽園雜記》，〔明〕陸采，藝文印書館百部叢書集成，守山閣叢書。

16. 《客座贅語》，〔明〕顧起元，藝文印書館百部叢書集成，金陵叢刻。

17. 《焚書》，〔明〕李卓吾，河洛圖書出版社，民國 63 年 5 月臺景印初版。

18. 《閒情偶寄》，〔清〕李漁，廣文書局，民國 66 年 1 月初版。

19. 《李漁全集》，〔清〕李漁著，馬漢茂，Helmut Martin 輯，成文出版社，民國 59 年台一版。

20. 《芥子園畫傳初集》，華正書局，民國 67 年 1 月版。

21. 《尤西堂雜組》，〔清〕尤侗，河洛圖書出版社，民國 67 年 5 月臺景印初版。

22. 《六十種曲》，〔清〕毛晉編，臺灣開明書店，民國 59 年 6 月臺一版。

23. 《靜志居詩話》，〔清〕朱彝尊。

24. 《在園雜志》，〔清〕劉廷璣，鼎文書局叢書集成續編，遼海叢書。

25. 《蓴鄉贅筆》，〔清〕董含，鼎文書局後說鈴。

26. 《保覽齋文錄》，〔清〕趙坦。

27. 《顧曲塵談》，吳梅，臺灣商務印書館，民國 62 年 8 月臺二版。

28. 《彙印小說考證》，蔣瑞藻，臺灣商務印書館，民國 64 年 3 月初版。

29. Helmut Martin（馬漢茂），"Li Li-weng über das Theater"（李笠翁論戲曲）lnauguraldissertation, Heidelberg, 1966.

30. 《明代劇作家研究》，八木澤元著，羅錦堂譯，香港龍門書店，1966 年 9 月初版。

31. 《曲韻五書》，汪經昌先生，廣文書局，民國 68 年 5 月再版。

32. 《談詞》，李師殿魁，慶祝瑞安林景伊先生六秩誕辰論文集，民國 58 年 12 月出版。

33. 《李漁研究》，黃麗貞，純文學出版社，民國 63 年 1 月初版。

34. 《元雜劇研究》，吉川幸次郎著，鄭清茂譯，藝文印書館，民國 66 年 1 月再版。

四、

1. 《中國文學史》，增訂中國文學年表，鄭振鐸，新欣出版社。

2. 《中國文學發展史》，劉大杰，華正書局，民國 65 年 12 月初版。

3. 《中國戲劇發展史》，周貽白，僶俛出版社，民國 64 年 9 月初版。

4. 《明清戲曲史》，盧前，臺灣商務印書館，民國 65 年 8 月臺二版。

5. 《宋金雜劇考》，胡忌，古典文學出版社，1957 年 4 月第一版。

6. 《中國小說史料》，孔另境，臺灣中華書局，民國 65 年 12 月臺三版。

7. 《元明清三代禁燬小說戲曲史料》，王利器，翻印本。

五、

1. 《李笠翁著無聲戲即連城璧解題》，孫楷第，國立北平圖書館刊，1932，卷六，一期，頁 9～25。

2. 《李笠翁與十二樓》，孫楷第，圖書館學季刊，1935，卷九，三～四期，頁 379～441。

3. 《李笠翁的一部短篇小說「無聲戲」》，顧敦鍒，私立東海大學文苑闡幽，民國 58 年 1 月初版。

4. 《李笠翁朋輩考》，顧敦鍒，私立東海大學文苑闡幽，民國 58 年 1 月初版。

5. 《李漁生平及其著述》，鄧綏寗，中山學術文化集刊，第二集。

6. 《李笠翁與「無聲戲」》，馬漢茂，Helmut Martin，大陸雜誌，1969，卷三十八，二期，頁 12～20。

六、

1. 《四庫提要》，藝文印書館，民國 63 年 10 月四版。

2. 《清代禁燬書目四種》，姚覲光編輯，臺灣商務印書館國學基本叢書，民國 57 年 3 月臺一版。

3. 《清代禁燬書目研究》，吳哲夫，嘉新水泥公司文化基金會，民國 58 年 8 月初版。

4. 《日本現存清人文集目錄》，西村元照編，東洋史研究會，1972 年 3 月。

5. 《美國國會圖書館藏中國善本書目》，王重民輯錄，袁同禮重校，文海出版社，民國 61 年 6 月初版。

6. 《中國通俗小説書目》，孫楷第，鳳凰出版社，民國 63 年 10 月初版。

7. 《日本東京所見中國小説書目——附大連圖書館所見中國小説書目》，孫楷第，馬廉，鳳凰出版社，民國 63 年 10 月初版。

8. 《東京大學東洋文化研究所漢籍分類目錄書名人名索引》，東京大學東洋文化研究所編，民國 64 年，東京，編者印行。

9. 《善本劇曲經眼錄》，張棣華，文史哲出版社，民國 65 年 6 月初版。

七、

1. 《古今圖書集成》，鼎文書局。